체육관에서

만난

페미니즘

운동하는 여자

양민영

지음

초밀빤

체육관에서 만난 페미니즘

남성의 전유물이던 군대의 여러 보직과 공장의 생산 라인, 항공 우주 분야, 스포츠 리그가 모두 여성으로 채워졌던 시대가 있었다. 제2차 세계대전이 한창이던 미국에서 벌어진 일이다. 남자들이 참전한 동안 오직 남성만 일할 수 있던 분야에 여성들이 투입됐다. 여자들이 뭘 할 줄 알겠느냐는 조소와 달리 여성들은 이 모든 일을 남자들보다 더 잘 해냈다. 그러나 그뿐이었다. 전쟁이 끝나자 남자들이 돌아왔고 여자들은 다시 가정으로 추방됐다.

체육관도 과거에는 오직 남성만을 위한 공간이었다. 하지만 지금은 그렇지 않다. 여성이 체육관으로 진출했다기보다 체육관이 여성을 받아들였다. 이유는 남성 운동 인구가 차고 넘쳤기 때문이다. 남자들은 운동복에도 관심이 없고 헐렁한 반바지를 입은 채 공을 차거나 공원을 달렸다. 그들에게 운동은 일상이었다.

운동을 하는 데 돈을 쓸 사람, 새롭게 떠오른 막대한 블루오션은 여성이었다. 피트니스 업계와 톱스타, 매체가 합심해서 여성들에게 운동을 하라고 독려했다. 더 아름다워질 수 있다는 말로 여성의 욕망을 자극하면서.

그렇게 체육관은 여성을 적극적으로 유입시켰고 나도 처음에는 아름다워질 목적으로 그곳에 갔다. 그리고 아름다워지는 것보다 훨씬 중요한, 여성에게 반드시 필요한 것을 몸소 겪고 배웠다.

하지만 그와 별개로 체육관의 주인은 여전히 남성이다. 여성은 그곳에서도 타자이며 주변인이며 확실한 이너써클 안에 들어갈 수 없다. 프로로서 그라운드에 서는 수많은 여성 선수들, 그들도 마찬가지다. 운동하는 여성의 수가 늘어나고 영향력이 커진 것과 상관없이 그렇다.

스포츠계에서 벌어지는 일은 유리 천장에 막혀서 사회의 핵심층이 되지 못하고 주변부에나 머무는 여성의 처지를 고스란히 반영한다. 지금도 수많은 이들이 과격하고 도전적인 운동을 남성의 것이라고 믿는다. 또 여성이 아무리 두각을 드러내고 기록을 세워도 그것을 어디까지나 이례적인 일, 또는 여성끼리의 경쟁에서 이긴 것으로 간주한다.

여성이 인간이 되려고 할 때마다 사람들은 수컷과 동일시될 것을 요구한다. 여성의 스포츠, 정치, 지적 활동 그리고 다른 여성에 대한 욕망 등이 '남성적 선언'으로 해석되는 것이다. 사람들은 여성이 스스로를 초월하여 얻는 가치를 인정하지 않으려 하고 그것을 여성의 주관적 태도에 대한 잘못된 선택으로 간주한다. - 시몬 드 보부아르 『제2의 성』 중에서

그래서 오마이뉴스에 『운동하는 여자』를 처음 연재할 때 모종의 확신이 있었다. 페미니즘은 결코 멀리 있지 않았다. 여성이 체육관에서 겪는 여러 가지 일이 페미니즘과 닿아 있었다. 몸에 대한 자각, 몸을 단련하는 과정, 그

러면서 시작된 몸과 정신의 변화, 체육관의 분위기, 함께 운동하는 여성들. 사소한 경험까지도 글로 남기고 싶다는 욕망을 느꼈다.

일 년간의 기록은 여성에게도 운동이 보편적인 취미이자 일상이 되었으면 하는 바람으로 이어졌다. 나는 여성들이 체력을 기르고 공격성을 발휘하고 내 몸의 진정한 주인이 되고 운동으로 하나 되는 경험에서 소외되지 않길 바란다. 지금도 많은 여성이 운동에서 즐거움이나 투지, 인내심을 얻고 있지만 더 많은 여성이 동참했으면 한다. 단언하는데 많은 것이 변할 것이다.

나는 이러한 변화의 증인이며 연재분이 하나씩 쌓이던 시간은 삶의 어느 시기보다도 특별했다. 운동으로 뇌의 혈류량이 솟구치고 신경이 흥분될 때, 책상 앞으로 돌아오는 길에서 생각하고 또 생각했다. 무엇을 쓸래? 어떤 이야기를 만들래? 평소와 다르게 무엇이든 할 수 있고 과감하고 도전적일 수 있었다.

내가 다니던 수영장 바로 옆에 도서관이 있었고 주짓수 도장 가까이에는 대형서점이 있다. 수영장 옆 도서관, 주짓수 도장 근처에 서점. 그것은 내 삶의 지표와도 같다. 나는 거의 매일 운동을 하고 도서관의 서가와 서점의 매대를 기웃거렸다. 그리고 거짓말처럼 내가 쓴 『운동하는 여자』도 책이 되어 세상에 나왔다.

꿈같은 일이 있기까지 긴 여정을 함께 해준 분들이 있다. 사랑하는 가족과 곁에서 도와준 친구들, 영감을 준 작가들, 그라운드의 선수들, 함께 운동한 동료들, 성원을 보내준 독자들, 도서출판 호밀밭 여러분들에게 고마움을 전한다.

2019년 3월 책상 앞에서, 양민영

목
차

머리말 5

나는 운동하는 여자입니다

레깅스, 너 보라고 입은 게 아닙니다 15

운동하는 여자들의 성지, 수영장 22

애플힙은 박수치고 승모근은 싫다니 29

악마와 싸우며 성장을 느꼈다 38

노브라로 달렸다, 통제선을 넘었다 46

힘센 여자가 겪는 일 53

습관을 바꾼 줄 알았는데 집착이었다 60

맨몸운동의 50가지 그림자 67

파도는 뒤에서 온다 73

내가 싸움을 배운 이유 79

그라운드에 선 여자들

황제마저 피하지 못한 출산 경력 단절 89

신념이 영웅을 만든다 96

금발, 비웃음… 미움받는 여자 105

주먹대장, 34초 만에 세상을 홀리다 113

올림픽이 끝나도 안경선배는 남았다 121

광화문에서 지소연을 외치자 130

일인칭 운동하는 여자 시점

심석희 선수와 4년의 침묵 139

싸움판 깔아준 아빠, 링 위에 오른 딸 145

굿바이, 남자들의 공놀이 153

나애리는 왜 나쁜 계집애일까 161

페미니즘 프로파간다, 광고 168

너의 주제가를 들려줘 176

루키즘 나라의 #운동하는여자 182

나는 운동하는

여자입니다

레깅스, 너 보라고 입은 게 아닙니다

한 남성이 무법자처럼 체육관에 들어선다. 쿵쾅거리는 기계음이 울리고 여성의 가슴, 허리, 엉덩이, 허벅지가 마구잡이로 클로즈업된다. 영상의 주인공인 남성은 번질거리는 핑크색 슈트 따위를 입고 여성들 사이를 요란하게 오간다. 그는 마치 사탕 가게를 누비는 아이처럼 즐겁다. 카메라는 더욱 노골적인 각도로 여성의 몸을 훑고 가수와 댄서들이 후렴구에 맞춰서 춤을 춘다. 가사는 대충 '미치겠어, 너의 몸'이라고 하자. 어느 남성 가수의 뮤직비디오 속 한 장면이다.

미디어에서 여성의 몸을 눈요기로 소비할 때마다 등장시키는 단골 소재는 정해져 있다시피 하다. 비키니를 입은 여성, 클럽에서 춤을 추는 여성, 운동복 차림으로 운동하는 여성이 그것이다. 앞서 언급한 세 가지 소재에는 공통점이 있는데 바로 여성이 공공장소에서 몸을 드러낸 채가슴이나 엉덩이가 부각되는 동작을 취한다는 것이다. 이러한 행위는 여성 스스로가 대상화될 빌미를 제공했고 대상화되는 것을 즐겼다는 혐의로 이어진다. 또는 '보라고 그렇게 입은 것이 아니냐'는 억측의 근거가 되기도 한다.

그래서일까? 누군가는 여성과 체육관, 운동 같은 단어를 보기만 해도 섹시한 눈요기부터 떠올리는 듯하다. 내가 운동하는 여성을 대상화하는 시선을 지적할 때마다 남성으로 추정되는 독자로부터 다음과 같은 반응이 돌아왔다.

'여자들은 대상화되는 게 싫거든 달라붙거나 노출 많은 운동복을 입고 와서 운동깨나 하는 척, 부심이나 부리지 말라'

빤한 소견을 굳이 옮겨 쓰는 까닭은 짤막한 문장 하나에 운동하는 여성을 향한 편견이 고스란히 담겨 있기 때문이다.

레깅스는 죄가 없다

패이고 달라붙는 옷까지 갈 것도 없이 여성의 몸은 가만히 있어도 대상화된다. 그런 여성의 몸이 움직이기까지 한다면? 세상에 이보다 더 대상화되기 쉬운 존재도 없을 것이다.

남성들이 이 말을 이해할 수 있을지 모르겠지만 만약에 눈앞에 어떤 여성이 운동을 하고 있다면 그는 운동을 하는 동시에 자신을 대상화하는 시선과 맞서는 중이다. 심지어는 스스로를 검열하며 남의 시선을 의식하는 자신과도 싸워야 한다. 여성에게는 운동이란 음란하다는 이유로 단속당하던 몸을 별안간 '드러내고 움직여야 하는' 행위이기 때문이다.

　여성은 운동을 배우면서 남의 시선을 의식하지 않는 법까지 함께 익힌다. 예를 들면 내가 처음 역도를 배울 때 가장 어려웠던 동작이 양 무릎의 방향이 바깥을 향하도록 벌리는 것이었다. 평영을 배울 때는 바로 뒤에 따라오는 사람이 같은 여성이어야 마음이 놓였다. 나중에 함께 운동하는 여성들과 이야기를 나누어 보니 나만 그런 것이 아니었다. 왜 아니겠는가? 여성들은 기억도 나지 않는 어린 시절부터 다리를 오므리라고 교육받는데.

　결국 운동을 시작하고 몇 년이 지난 후에야 다리를 바깥으로 벌리거나 엉덩이를 뒤로 빼는 동작에 익숙해질 수 있었다. 하지만 너무 오랜 시간에 거쳐 주입된 편견 때문인지 지금도 움직임이 부자연스럽거나 자신감을 잃는 순간이 없지 않다.

움직이는 몸 다음으로 대상화되는 것은 운동복이다. 여성의 옷은 스커트, 스키니 팬츠, 속옷, 하이힐, 스타킹을 포함해서 몸에 걸쳐지는 거의 모든 아이템이 성적으로 소비된다고 봐도 과언이 아니다. 개중에 근래 들어서 가장 극렬하게 대상화되는 아이템이 있는데, 바로 레깅스다.

레깅스란 몸에 완전히 밀착되도록 착용하는 운동복 하의의 통칭이다. 여성들 사이에선 운동을 할 때는 물론이고 평상복으로도 입을 정도로 인기가 치솟고 있다. 이를 못마땅하게 여긴 미국의 한 남성이 지역 신문에다가 '20세 이상 여성은 공공장소에서 레깅스를 입지 말아야 한다'는 내용의 기고문을 써서 레깅스 찬반 논쟁이 불거지기도 했다.

여성들 사이에서도 레깅스에 대한 의견은 두 가지로 나뉜다. 활동하기에 더할 나위 없이 좋은 액티브 웨어라는 호평이 있고 성적인 조롱을 유발하는 성차별적인 옷이라는 부정적인 평가도 있다.

그럼에도 나는 레깅스가 운동, 특히 근력운동을 위한 최적의 옷이라고 생각한다. 한때 나는 레깅스를 입는 게 부담스러워서 체육관에서 나눠주는 헐렁한 반바지를 입었다. 어느 날 용기를 내서 레깅스를 입어본 뒤로는 적어도 근력운동을 하는 날엔 하의를 헐렁하게 입지 않는다. 적당한 압력으로 허리와 배, 허벅지를 감싸는 것이 바벨을 들어 올릴 때 도움이 되기 때문이다. 역도 선수들이 성별에 구분 없이 달라붙는 하의를 입는 것도 같은 이유일 것이다.

그러므로 여성들이 시선을 끌고 싶어서, 혹은 몸매를 자랑하고 싶은 '부심' 때문에 레깅스를 입는다는 건 순전히 억측이다. 또 만약에 어떤 여성이 성적으로 대상화되는 것을 즐긴다 할지라도 그것이 타인의 몸을 뚫어져라 볼수 있는 권리로 이어지진 않는다.

사실 여성의 운동복이 성적으로 소비되는 것은 어제 오늘의 일이 아니다. 한 가지 예로 여성 테니스 선수들은 전통이라는 명목하에 짧고 불편한 스커트를 입는다. 지난 1998년에는 국내 프로농구 리그의 여성용 유니폼이 원피스 수영복과 흡사한 일명 '쫄쫄이 유니폼'으로 바뀌면서 선수들의 원성을 사기도 했다. 겉으론 별것 아닌 것처럼 보이는 문제에 리그의 흥행을 위한 노림수, 성 상품화, 여성 혐오 등의 이슈가 복잡하게 얽혀 있다.

또한 여기서도 성별 간의 권력 차이가 어김없이 작용한다. 따지고 보면 남성들이 운동을 하면서 입는 옷은 그게 어떤 옷이든 간에 그저 운동복일 뿐이다. 심지어 그들에게는 옷을 입지 않는 자유도 허용된다. 권투와 수영은 남성 선수가 상의를 완전히 탈의하는 대표적인 종목이다. 뿐만 아니라 체육관에서도 상의를 벗은 채로 운동하는 남성을 심심찮게 볼 수 있다. 남성들은 거리낌 없이 옷을 벗지만 별다른 제약을 받지 않는다. 나는 남성이 여성의 집요한 시선 때문에 불쾌했다거나 수치심을 느껴서 헐렁한 옷으로 몸을 가렸다는 말은 들어본 적이 없다.

체육관을 감옥으로 만드는 눈길

여러 가지 성차별 문제 중에서도 성적 대상화는 일상적으로 만연하고, 이중의 해악을 유발하기에 결코 가볍게 다뤄질 문제가 아니다. 여기서 말하는 이중의 해악은 다음과 같다. 여성이 자신의 몸을 대상화하는 시선을 의식하기 시작하면 자연히 움직임이 제한되고 움츠러든다. 반대로 그 시선을 무시하고 당당하게 움직이면 남성의 즐거운 눈요기가 된다.

그럼에도 대상화되는 여성과 대상화를 일삼는 남성 간의 인식 차이는 너무나 크다. 좀처럼 좁혀지지 않는 인식 차이로 인해서 여성들은 '시선 강간'이라는 신조어까지 내세우며 이 문제를 공론화하고 있다. 특히 몸을 드러내고 움직이는 공간인 체육관은 다른 어떤 장소보다도 변화가 절실하고 시급하다.

남성들이 당연한 사실 몇 가지만 기억해도 변화는 그리 어렵지 않다. 그것은 여성들도 체육관의 남성 동료들과 마찬가지로 신체를 단련할 목적으로 운동을 즐긴다는 것, 그리고 여성의 움직임 또한 남성의 그것과 다를 바 없이 간결하고 효율적이라는 것이다. 남성들은 이를 진정으로 이해하고 운동하는 여성의 몸에서 그 어떤 성적인 뉘앙스도 떠올리지 않아야 한다. 부디 여성들에게도 체육관이 자유롭고 열린 공간이 되길 바란다.

운동하는 여자들의 성지. 수영장

천천히 유영하는 나? 환상은 깨졌다

지금껏 나는 무수히 많은 처음을 겪었다. 첫 음주, 첫 습작, 첫 월급, 첫 해외여행, 첫째 조카가 태어난 날, 그리고 처음으로 배운 운동.

어느 호텔의 전망 좋은 루프탑 수영장에서 멀뚱거리며 서 있던 것이 발단이었다. 수영을 할 줄 모르는 건 삶의 중요한 재미를 놓치는 일이라는 생각이 들었다. 한국으로 돌아오자마자 강습용 수영복을 하나 사서 가까운 구립 수영장으로 갔다.

그런데 루프탑 수영장과 구립 수영장 간의 괴리가 너무 컸다. '이른 아침의 고요한 수영장, 그곳에서 천천히 유영하는 나'라는 그림을 그려냈는데 나를 기다리는 현실은 그렇게 근사하지 않았다. 우선 수영장은 시끄러웠다. 고물 스피커에서 훅송과 트로트가 번갈아 가며 쿵작거렸고 강사들이 수시로 호루라기를 불어 젖히는 통에 귀가 따가웠다. 아직 해가 뜨지 않은 시간, 조도가 낮은 실내의 어둑함과 코를 자극하던 염소 냄새도 생생하다.

처음 강습을 받던 날 강사가 나를 한번 보더니 유아용 풀로 가라고 했다. 그곳에서 내가 해야 할 일은 단 하나, 킥보드에 의지한 채 발버둥 치는 것이었다. 작고 탁한 웅덩이에 사는, 이제 막 알에서 부화한 치어가 된 기분이었다. 무엇보다 다들 성인용 풀에서 맹연습 중인데 몇 날 며칠을 혼자 유아용 풀에서 어슬렁거리자니 외로움이 사무쳤다. 그러나 단번에 매료되고 말았던 그 아름다운 수영장을 떠올리면서 고독의 시간을 견뎠다.

내 발차기를 볼 때마다 갸우뚱거리던 강사가 처음으로 고개를 끄덕였다. 드디어 성인용 풀에 들어가도 좋다는 허락이 떨어졌다. 총 여섯 개의 레일에는 따로 표시가 없지만 입구에서 가까운 쪽부터 초급, 중급, 고급 세 개의 반이 철저하게 분리되어 있으며 이는 인도의 카스트 제도만큼이나 엄격하다. 실수로 중급 레일에 들어간 나는 여론의 뭇매를 맞으며 초급반으로 이동했다. 당연한 일이었다. 아직 '음파'조차 제대로 안 되는 피라미가 아닌가.

드물게 여성향이 강한 운동, 수영

드디어 줄지어 레일을 왕복하며 함께 버둥거릴 동료들을 얻었다. 그들 대부분은 중년 이상의 기혼 여성이었다. 수영장은 운동을 하는 장소로선 드물게 여성향이 강한 곳이다. 사회에서 '엄마'나 '아줌마'로만 명명되는 중년 이상의 여성들이 존재감을 드러내며 땀 흘리고 뛰노는 모습을 볼 수 있다.

이들은 말하자면 '#운동하는여자'의 조상님이다. 수영은 한국 여성들 사이에서 거의 최초로 강습이 이루어진 스포츠라고 할 수 있다. 1980년대 경제 성장의 영향으로 주부들도 드디어 여가를 갖게 됐고 남편이 출근하고 아이들은 등교하는 오전 시간에 건강도 챙기고 다이어트도 할 겸 수영장에 모였다.

지금도 수영과 에어로빅은 주부 유산소 운동의 양대 산맥이다. 특히 수영은 복장만 갖추면 비교적 저렴한 비용으로 시작할 수 있고 관절에 무리가 가지 않으면서 운동량이 많아서 인기를 끌었다. 하지만 이러니저러니 해도 수영이 여성적인 운동으로 규정되는 이유는 너무 격렬하거나 남성적이지 않은 '얌전한 운동'이기 때문일 것이다.

오랜 세월 여성들의 놀이터이자 사교의 장이었던 수영장. 이곳에서 나는 수영만 배운 것이 아니라 수영장 문화에 얽힌 소문을 확인할 기회를 얻었다. 수영은 풀에서 하지만 여성들이 진짜 친해지는 곳은 샤워실과 탈의실이다. 경험한 바에 의하면 수영장 탈의실은 성토의 장이다. 텃세의 벽을 넘어서 주요 멤버들과 친해진 이후 나는 그들의 남편과 아이에 대해서 알고 싶지 않은 시시콜콜한 정보까지 저절로 알게 됐다.

'아가씨 한정'으로 엄격한 잣대

그들은 남편과 아이, 가정에 관한 방대한 이야기를 쏟아낸다. 일반적으로 남자들은 여자들이 모이는 것을 좋아하지 않는데 바로 이런 점 때문일 것이다. 하지만 무엇도 여자들의 뒷말을 막을 순 없다. 뒷말은 억압된 자들의 아편이므로.

그리고 거의 모든 여자가 매일같이 체중계 위에 올라가는 장소답게 서로의 외모를 평가하는 데도 거침이 없다.

한 중년 여성은 나를 볼 때마다 '싱싱하네, 싱싱해'라는 수산물 코너에서 고등어를 고를 때나 쓸 법한, 칭찬인지 희롱인지 알 수 없는 말을 인사 삼아 건네곤 했다.

여기에 젊은 여성들에게는 '아가씨 한정'으로 더욱 엄격한 잣대가 적용된다. 이를테면 '아가씨인데 왜 저렇게 배가 나왔는가?' 하는 주제로 당사자도 없는 자리에서 토론이 벌어지기도 한다.

끝으로 이 모든 사교 행위는 음식을 나눠 먹음으로써 완성된다. 여성들만 모이는 집회에도 쿠키와 젤리, 초콜릿이 넘쳐나는 것을 보면 음식을 나누며 친해지는 것은 여성들만의 고유한 습성인 것 같다. 수영장 탈의실에서는 주로 떡을 권하고 나눠 먹었다.

하지만 종류를 불문하고 떡을 좋아하지 않는 나는 탈의실의 도원결의가 시작될 때마다 긴장하지 않을 수 없었다. 먹지 않으려는 나의 의지보다 먹이고 말겠다는 그들의 의지가 앞섰고 그때마다 입안에 든 떡을 쉬이 삼키지 못하고 우물거렸다.

여성의 놀이터로 남았으면

　불특정 다수가 모인 장소가 대개 그렇듯이 수영장에서도 때론 이해할 수 없는 언행으로 마음이 불편하고 뒤끝이 개운치 않은 적이 있었다. 하지만 수영장에 흐르는 주된 기류는 다름 아닌 해방감이었다. 고작 한두 시간이라도 좋은 자유, 웃음, 그 시간을 함께하는 사람들 간의 친밀감.

　그래서 지금도 가끔 네 가지 영법과 입수 동작을 배우던 때가 떠오른다. 오감으로 물을 느끼면서 감각적이고도 영적인 공간으로 진입하는 순간, 바닥을 힘껏 딛고 몸을 뻗으면 물살이 몸을 밀어주는 그 감각, 햇볕이 쏟아지던 전면 창. 그곳에서 아침을 숨 가쁘게, 그리고 밀도 있게 보내는 것이 좋았다.

　그리고 팔 년째 아침 수영을 한다던 어느 중년 여성의, 나비처럼 날갯짓을 할 때마다 섬세하게 갈라지던 등 근육 같은 사소한 것이 좋았다. 몸이 불편해서 젖은 수영복을 벗지 못하던 할머니를 돌아가며 씻겨주던 손길도.

　최근에 서울시는 수영장의 여성 전용 반을 일괄 폐지하기로 했다. 모든 시민이 이용하는 공공시설에서 남성이

배제되는 것은 역차별이라는 게 이유다. 수영장의 여성 전용 반이 사라지는 것은 세계적인 추세이기도 하다.

하지만 애초에 여성 전용 반이 필요했던 이유가 성차별 때문임을 잊지 말아야 할 것이다. 변화하는 중이라고 해도 체육관은 여전히 마초성이 지배하는 공간이고 특히 나이든 여성들이 자유롭게 운동할 수 있는 장소는 생각만큼 많지 않다.

무엇보다 역차별 문제를 바로잡아야 할 만큼 차별적인 문화가 사라졌는지 의문이다. 수영장만이라도 온전히 여성의 공간이었으면 하는 미련이 남는다.

애플힙은 박수치고 승모근은 싫다니

어떤 일이 습관으로써 완전하게 자리 잡기를 원한다면 그 일을 12주가량 꾸준히 해보라는 말이 있다. 그 말은 어느 정도 사실이었다. 크로스핏 체육관을 거의 매일 드나든 지 석 달쯤 됐을 때 앞으로도 운동을 계속할 수 있을 것 같았다. 그리고 내 몸에 사랑을 느꼈다.

물론 처음은 아니었다. 이전에도 나는 내 몸과 사랑에 빠진 적이 있다. 몇 번의 사랑 사이에 공통분모가 있다면 운동을 열심히 했던 시기에 사랑도 시작됐다는 점이다. 따지고 보면 운동은 어떤 방향으로든 나르시시즘을 유발하는 것 같다.

언젠가 또 한 번 사랑에 빠졌을 때 나는 집 근처에 있는 수영장에서 하루를 시작했다. 강습이 끝나면 샤워를 하고 디지털 체중계에 올라가는 것이 내가 정해놓은 의식이었다. 유산소 운동을 하면서 먹는 양을 최소한으로 줄였기 때문에 나날이 체중이 줄어드는 것을 확인할 수 있었다.

그때 나는 삼십 대 초반이었고 20대 때처럼 신진대사

가 활발하게 이뤄지지 않을 것이며 결국 나잇살이 찌고 말 것이라는 우울한 결론을 얻고 겁을 집어먹은 직후였다. 원하던 대로 체중이 52킬로그램 가까이 됐을 때 체중계 위에서 사랑이 솟구치는 것을 느꼈다. 사랑! 만약에 체중이 50킬로그램 이하로 떨어지면 그때는 더 큰 사랑을 느낄 수 있을 것 같았다.

그 사랑은 대상화된 몸을 향한 사랑이었다. 날씬한 몸, 말라보이기도 하는 몸, 아무 옷이나 부담 없이 입을 수 있는 몸. 미국의 언론인이자 법조인인 엘리자베스 워첼은 저서 『비치(Bitch)』에서 여성은 자신이 하지 않은 행동(그들의 외양과 투영하는 이미지)으로 우상화된다고 했다. 모든 여성은 나이, 인종, 지위, 계급과 상관없이 얼굴과 몸매, 인상을 평가받으며 일괄적으로 대상화된다. 어디에 가든 무슨 일을 하든 누구를 만나든 예쁜가, 날씬한가, 매력이 있는가를 따지는 집요한 시선을 피할 수 없다.

반면에 남성은 행동하는 인간이 되어야만 우상화될 수 있다. 만약에 어떤 남성의 행동이 긍정적인 영향력을 갖는다면, 또는 그가 이룬 성취가 뛰어나다면 외모는 크게 문제가 되지 않는다. 고백하자면, 나는 오랜 시간 편견과 여성 혐오적인 기준에 따라서 내 몸을 평가했고 결과에 따라서 몸을 사랑하거나 또는 미워했다. 브래지어 색깔과 교복 치마를 단속당하던 시절부터 지금까지.

몸을 향한 진정한 믿음, 자신감

그랬던 내가 새로운 사랑에 눈을 뜬 것은 다행스러운 일이다. 변화는 크로스핏을 배우면서 시작됐다. 크로스핏을 간단하게 설명하면 근력 운동과 유산소 운동이 결합해서 탄생한 고강도 운동이다. 역도와 줄넘기, 팔굽혀펴기, 철봉 운동 등의 다양한 동작을 익힘으로써 유연성과 근력, 지구력과 균형 감각을 기를 수 있다. 물론 이전에 배웠던 수영이나 요가, 등산도 훌륭한 운동이다. 하지만 이 운동들과 차별화된 크로스핏만의 특이성은 맨몸으로 무거운 것을 들어 올리는 동작, 즉 근력 운동에 집중할 수 있다는 점이다.

이 단순한 차이로 인해서 내 몸은 행동하는 몸이 될 수 있었다. 어떻게 하면 더 오래, 더 빨리 움직이고 안전하게 착지할 것인가, 더 무거운 무게를 들어 올릴 수 있을

까 골몰하는 것은 생경한 동시에 멋진 일이었다. 놀랍게
도 그때까지 나는 내 몸이 행동할 수 있다고 생각하지 않
았다. 심지어 내 몸을 사랑한다고 느낄 때조차도 나는 내
몸을 믿거나 진정한 의미의 자신감을 갖지 못했다. 내 몸
은 나를 평가하던 타인만이 아니라 주인인 나로부터도 소
외됐던 셈이다.

그러나 근력 운동을 배운 일이 계기가 되어 그 자리
에 붙어 있는 것 말고는 아무런 존재감도 갖지 못하던 부
위들을 움직임으로써 나는 조금씩 달라졌다. 흔히 말하
는 '관리'를 하면서 일정한 형태의 몸을 유지하는 데서 벗
어나 몸의 기능을 향상하고 개발할 수 있다는 희망을 얻
은 것이다.

그러자 행동한다는 자신감이 이상적으로 보여야 한다
는 강박을 압도했다. 더는 적게 먹으려고 애쓰지 않았고
되레 힘을 쓰기 위해서 자주 왕성하게 먹었다. 체중계 위
에 올라가는 일도 그만두었다. 오래전에 사놓은 작고 여성
스런 옷이 들어가지 않지만 그마저도 그리 아깝지 않았다.
평상복을 살 때도 편안하고 기능성이 뛰어난 옷을 사 입고
운동화를 신고 화장하는 횟수를 줄였다. 몸을 옥죄거나 거

추장스러운 것으로부터 자연스럽게 멀어졌다.

'남자 같다' 혹은 '위협적이다'

그런데 사람들은 이런 나를 보면서 알 수 없는 불편을 느끼는 것 같았다. 몸에 근육이 생기고 힘이 세지면서 내가 제일 많이 들었던 말은 '위협적이다'였다.

그 무렵에 만나던 남자친구는 이대로 가다가는 내가 남자인 자신을 이길지도 모른다고 말했다. 그것은 진의를 알 듯 말 듯 한 농담이었다. 실제로 우리는 지기 싫은 마음에 경쟁하기도 했다. 상대방이 달리는 만큼 달렸고 상대가 먹는 만큼 지지 않고 먹었다. 그는 운동량이 부족하다는 생각이 들면 회사의 점심시간을 할애해서 운동을 한다고 했다.

그의 말대로 내가 정말 남자들에게 위협적인 존재가 됐다면 나는 그러한 변화를 기쁘게 받아들였을 것이다. 하지만 내 몸은 위협적이라는 평가를 듣는 동시에 예전과 다를 바 없이 대상화됐다.

운동하는 여성의 몸은 '애플힙'이나 '황금 골반' 따위의 단어와 함께 부위별로 소비된다. 가녀린 몸을 선호하던 데서 자리만 옮겨온 이러한 경향은 여성의 몸에 대한 색다른 기호를 반영할 뿐이며 대상화의 방식은 전보다 더욱 집요하고 교묘해졌다.

여기에 추가적으로 '남자 같다'는 레퍼토리가 따라붙었다. 엄마는 당신 딸의 손바닥에 굳은살이 박히고 어깨가 넓어진 것을 보면서 네가 다시 수영을 했으면 좋겠다고 당당하게 말했다. 그러면서 '남자 같아졌다'는 말을 빠트리지 않았다. 슬프게도 '남자 같다'는 표현은 운동하는 여성들 사이에서도 심심찮게 쓰인다.

일례로 근력 운동을 하는 여성들의 가장 큰 걱정은 승모근이 발달하는 것이다. 승모근이 커지면 어깨선이 남자의 그것처럼 투박해지거나 목이 짧아 보이기 때문이다. 실제로 포털 사이트에서 '승모근 없애는 방법'을 검색해보면 승모근이 생기지 않게 운동하는 방법, 승모근을 없앨 수 있는 근육주사에 대한 정보가 쏟아진다. 여성들은 운동을 하면서도 남자 같은 몸이 아닌, 탄탄하면서도 가녀린 몸을 원한다.

하지만 문제의 '남자 같은 여성'은 진짜 남성이 아니

다. 그래서 남성들의 비교 대상에나 머무른다. 이를테면 '여자도 이거보다 더 들어요', '여자보다 기록이 안 좋군요' 하는 말이 대수롭지 않게 오고 간다. 이쯤에서 궁금한 것은 운동을 하는 남성들도 이토록 다양한 평가와 비교를 당하는가 하는 것이다.

오랜 세월 운동은 남성적인 행위로 규정돼 왔다. 남성이 운동하는 것은 남성성을 추구하는 행위이기 때문에 남성과 여성 모두에게 환영받는다. 그렇다면 운동하는 여성에게 가하는 평가나 비교는 어디서 시작되는가? 운동하는 여성을 편견에 따라서 대상화하기 때문이거나, 또는 이들을 남성의 고유한 영역을 침범한 불청객으로 간주하기 때문이 아닌가?

위협적인데도 대상화되고 여자치고는 잘할 수 있지만 남성의 기량을 능가할 수 없는 존재. 이 여러 겹의 억압에서 벗어나고 운동하는 여성에 관한 인식을 바꾸기 위해서, 그리고 더 많은 여성이 운동을 하게 하려면 우리가 해야 할 일이 있다.

우선 모두가 자신만의 체육관에서 보이는 내가 아니라 행동하는 나를 찾아야 한다. 나는 그 과정이 힘들거나 어려울 것이라고 생각하지 않는다. 여성이 몸을 단련하면서 자신의 진가를 발견하는 일은 마치 사랑에 빠지는 것처럼 한순간에 이루어지기도 하니까 말이다.

악마와 싸우며 성장을 느꼈다

움직이는 방법을 배울 때마다 나는 '개체분열'한다. 처음에는 분명히 하나의 나로 시작하는데 어느 틈엔가 하나가 여럿이 되어 있다. 제일 먼저 코치를 따라서 움직이는 내가 있다. 그런 나를 바라보며 비웃는 내가 있고 비웃는 나를 꾸짖는 또 다른 내가 나타난다. 그 모두를 향해서 동작에 집중하라고 단속하는 나와 자신감이 없다고 움츠리는 나, 자신감을 가지라고 응원하는 내가 연이어서 생겨난다. 분열하는 개체들의 모체는 어떤 일이든지 실수 없이 매끄럽게 해내고 싶은 욕심 많고 비대한 나의 자아다.

나는 움직임에 관한 감각을 타고나지 못한 사람이고 세상은 이런 나를 몸치라고 불렀다. 내 기억으로 초등학생 시절 나는 학교에서 줄넘기를 가장 못하는 아이였다. 이른바 '쌩쌩이'라고 불리던 더블언더에 성공한, 벌새마냥 허공을 붕붕 나는 아이들을 보면서 '저건 내가 영원히 구현할 수 없는 동작'이라고 굳게 믿었다.

그런 내가 서른이 넘은 나이에 체력을 길러볼 요량으

로 아니, 솔직하게 말하면 살을 빼고 싶어서 크로스핏에 도전했다. 오직 나 말고는 집을 나서는 이도 돌아오는 이도 없는 프리랜서로 사는 나 같은 싱글에게 생활의 분기점이 필요하기도 했다.

크로스핏이라는 운동은 역도와 유산소 운동 사이에서 태어난 변종 악마다. 여기서 말하는 역도는 커다란 오륜기 아래에서 메달을 목에 걸고 자랑스럽게 웃는 선수들의 운동, 그 역도가 맞다.

그날, 내가 처음 박스를 찾았던 날, 역도가 근력과 민첩성과 유연성과 순발력과 용기를 요한다는 설명은 필요하지 않았다. 한눈에 보기에도 어려운 운동임을 알 수 있었으니까. 피브이시(PVC) 파이프를 들고 어설프게 역도 동작을 따라 하자니 내가 보기에도 가소로워서 웃음이 났다.

악마의 운동, 크로스핏

게다가 하필이면 수업을 듣는 사람도 나 하나였다. 코치는 결석이 많은 게 러닝 때문이라고 했다. 고개를 끄덕이면서도 그 말의 정확한 뜻을 알지 못했다. 하지만 곧 알게 됐다.

　'와드(WOD, Workout Of the Day의 약자)에 러닝이 있는 날 출석률이 저조하다'

　크로스핏 초보들이 이 말의 의미를 알아채기까지는 그리 긴 시간이 필요하지 않다.

　우선 와드, 워크아웃 오브 더 데이는 크로스핏의 꽃이다. 역도와 유산소를 적절히 섞어 놓은 와드의 원리는 단순하다. 정해진 시간에 최대한 많은 라운드를 소화하거나 반대로 정해진 라운드를 최대한 빨리 끝내는 것을 목표로 한다. 와드는 날마다 바뀌는데 박스의 헤드 코치가 그날의 와드를 미리 구성해서 발표한다. 레스토랑의 헤드 셰프가 그날의 코스요리를 내놓는 것과 같다. 고전처럼 전해지는 와드도 있다. '그레이스', '신디' 같은 예쁜 어감과 다르게 악명 높은 운동량을 자랑하는 걸스네임 와드나 크로스핏 영웅을 기리는 히어로 와드가 따로 있다.

　문제는 내가 와드에 대해서 순수할 지경으로 무지했다는 것이다. 갑자기 클럽에서나 틀 것 같은 음악이 흐르더니 어느 틈엔가 웃옷을 훌렁 벗은 코치가 "빨리 시작하라"고 외쳤다. 무엇을? 알고 보니 타임워치의 숫자가 초

단위로 빠르게 바뀌고 있었다. 코치의 구령에 맞춰서 바벨을 드는 시늉을 몇 번 했는데, 이번엔 그가 헬스키친(미국 요리사 서바이벌 프로그램)의 저승사자 고든 램지처럼 고함을 질렀다.

"달려! 달려! (이 굼벵이야)"

다음 순간 나는 식당과 호프집과 편의점이 늘어서 있고 자가용과 배달 오토바이가 오고 가는 골목을 달렸다. 사람들 눈에는 재기를 꿈꾸지만 너무 망가진, 퇴물 복서처럼 보였을 것이다. 생각과 달리 별로 창피하진 않다. 다만 그 와중에도 고통이 너무나 생생해서 놀라웠다. 정말이지 너무 힘들고, 너무 고통스러웠다.

그때 코치가 물었다.

"아직 200미터 더 남았는데 뛸 수 있습니까, 없습니까?"

바로 그 순간, 그 순간이 지나고 나는 2년이 훌쩍 넘는 시간을 크로스핏에 바치게 된다. 근력도 지구력도 민첩성도 유연성도 없는 내가, 북적이는 골목에서 '뛸 수 있습니다!'라고 외쳤기 때문에.

그 일이 있고 몇 달간 가장 빈번하게 들었던 말은 '동

작에 집중하라', '순간적으로 힘을 쓰라'였다. 나 나름대로
는 노력했지만 쉽지 않았다. 쉽지 않은 게 당연했다. 일단
나는 집중력이 꽝인지라, 수업 때마다 '여섯 살 때 마당에
서 키우던 치와와를 처음 만난 날' 같은 일화를 떠올리는
인간이다. 집에 두고 온 피자를 그리워하고 헤어진 남자들
을 떠올리고 툭하면 지나간 인생을 반추했다.

몇 달간 배운 동작을 코치 앞에서 선보일 때마다 그
들의 낯빛이 어두웠다. 살면서 만난 거의 모든 코치에게
들었던, '원래 운동 못하시죠?'라는 질문이 정해진 수순처
럼 따라왔다. 나는 다음 달이면 당장 사라질 멤버처럼 보
였다. 그런 동시에 좀처럼 결석하는 법이 없는 별난 존재
였다.

잃어버린 고양감을 찾아서

어른이 되면서 우리가 잃어버리고, 그래서 우리를 슬
프게 하는 것은 순수함이나 희망 따위가 아니다. 우리는
성장의 서사, 성장과 함께 고무되는 감정을 잊어버린다.
어떻게 낯선 과업을 배우고 실패하고 마침내 해내고 성장

했는지 떠올려도 까마득하기만 하다. 고양감이 있을 자리에 무기력과 냉소와 패배주의만 쌓인다.

나는 하루 중 대부분의 시간을 글을 쓰거나 읽으면서 보낸다. 아니, 정확하게는 글을 써야 한다는 강박 속에 살아간다. 계산할 것 없이 거의 유일하게 좋아하는 일이지만 어디에서도 성장의 지표를 찾을 수 없어서 지쳐갔다. '전보다 글을 더 잘 쓰게 됐는가', '능숙하게 이야기를 풀어낼 줄 아는가?' 하고 자문해봐도 한 톨의 근거도 찾을 수 없다. 많은 이들이 직급이 올라가고 급여를 더 받는 것을 지표로 삼지만 나는 어제도 지망생이었고 오늘도 지망생이며 어쩌면 영원히 지망생으로 남을지도 모른다.

이제야 운동에 조금은 미쳤던 이유를 생각해본다. 나는 크로스피터들의 직업군으로 꼽히는 경찰이나 군인, 소방관이 아니다(크로스핏은 애초에 이들의 체력단련을 위해서 탄생했다). 체력을 기르면 좋지만 그렇게까지 절실하지 않다. 나에게는 꾸준한 시간을 갖고 노력하면 조금씩 나아진다는 것을 알게 해줄 무언가가 필요했다. 그리고 무엇보다 움직이는 방법을 터득하는 과정이 흥미로웠다. 여기서 가장 중요한 사실은 너무나 오랜만에 오감으로, 성장을 느꼈다는 것이다. 그토록 원했던 성장의 고양감을 내가 가장 자신 없어 하던 운동에서 찾은 것은 무척 아이러니한 일이었다.

결국 나는 죽어도 할 수 없을 것 같던 더블언더를 해냈다(그 모습을 본 엄마는 울었다). 물구나무를 선 채로 푸시업을 했고 클린이나 스내치, 오버헤드 스쾃 같은 동작에 능숙해졌다. 욕심 많고 비대한 내 자아가 잠시 웃음을 지어 보였다. 그 많은 굴욕과 실패의 기억을 잊을 수 있을 만큼 멋진 경험이었다.

그리고 하루 중에서 내가 제일 좋아하는 시간이 매일 찾아온다. 원하는 만큼 글을 쓰고 그토록 좋아하는 집을 나서 박스로 간다. 짧게 찰랑거리는 단발, 평상복이 된 레깅스와 운동화, 별것 아닌 사소한 것들이 두려움을 모르는 자유를 선사한다.

비록 먼지가 자욱해도 거리에는 생동감을 감출 수 없는 봄이 완연하다. 여자들의 옷차림이 하이힐과 스타킹, 원피스 일색에서 벗어난 지 오래다. 전보다 훨씬 가볍고 자유롭고 다채롭다. 대로변에 커다랗게 자리한 상점에 시선이 멈춘다. 스포츠 브랜드들은 남자 선수가 아니라 운동하는 여자의 강인한 이미지를 경쟁적으로 내세운다. 이전보다 강해지고 자유로워진 여자들을 무작정 트렌드만 좇는 힙스터라고 폄훼할 수 없을 것이다.

단지 신체 기능을 향상시켰을 뿐이라고 하기에는 너무 많은 것이 변했기 때문이다. 내가 좋아하는 크리스티나 아길레라의 히트곡 〈파이터〉의 한 소절처럼 나는 더 강해지고 빨라지고 똑똑해졌다. 힘이 세진 동시에 민첩해지고 용기를 얻었다.

이 많은 변화 중에 하나라도 당신의 구미를 자극하는 게 있다면 좋겠다. 드넓은 운동의 세계에 발을 들이면 당신은 분명 어떤 방향으로든 변할 것이다.

노브라로 달렸다. 통제선을 넘었다

여성이라면 누구나 한 번쯤 헬스장 메이크업이나 워터파크용 메이크업에 대해서 들어봤을 것이다. 따로 이름을 붙여서 부르긴 하지만 이 또한 화장이다. 땀이나 물이 묻어도 잘 지워지지 않는, 그러면서 운동이라는 티피오(T.P.O)에 맞게 간소한 화장.

이런 종류의 화장법은 운동 중에도 완전히 민낯이어서는 안 된다는 강박에서 비롯된, 오직 여성에게만 주어진 억압의 산물이다. 물론 남성도 외모를 평가하는 시선에서 자유로울 수 없다. 하지만 그들에겐 화장이 필수가 아니다. 어디 한번 남자들에게 화장한 채로 운동하라고 말해보라. 터무니없다는 반응이 돌아올 것이다.

이십 년도 더 된 달리기의 기억

여성이 운동을 하면서 의식해야 하는 것은 비단 민낯만이 아니다. 우리에게는 움직임과 호흡을 부자연스럽게 하면서까지 가리고 단속해야 하는 가슴이 있다. 운동과 가슴, 이 두 단어를 들을 때마다 이십 년도 더 된 충격적인 기억이 떠오른다.

이제 막 중학생이 되던 무렵 내가 다니던 학교에는 한 가지 특이사항이 있었다. 입학하던 그해 학교가 남자 중학교에서 남녀공학으로 바뀐 탓에 여학생 수가 고작 한 학년의 절반에 불과했던 것이다. 한마디로 성비 불균형이 심각한 집단이었다.

입학을 하고 얼마 지나지 않아서 교내 체육대회가 열렸다. 트랙에서 1학년 여학생들의 백미터 달리기가 진행됐고 2, 3학년들은 그동안 스탠드에 앉아서 1학년이 달리는 광경을 구경했다. 그러던 중에 일이 벌어졌다.

나는 그 일을 '원숭이 떼의 발광'이라고 부른다. 2, 3학년들이 트랙을 달리는 1학년 여학생의 가슴이 얼마나 큰지, 어떻게 움직이는지를 구경하다가 일제히 발광하기 시작한 것이다. 나중에는 경주마에 돈이라도 건 것마냥 트랙에 번호까지 붙여가며 큰소리로 연호했다. 아마 몇 날 며칠을 그 자리에 앉아 있으라고 했어도 그들은 그렇게 했을 것이다. 그 정도로 즐거워 보였다.

우리는 정반대의 의미로 그 사건을 잊을 수 없었다. 우리의 몸이, 타고난 신체의 일부가, 누군가에겐 그토록 집요하고 더러운 관심의 대상이라는 사실에 충격을 받았다. 그날 이후로 우리는 아무리 급한 일이 있어도 특히 학교 안에서는 절대로 뛰지 않았다. 지금도 수많은 십 대 여성들이 '못생겨지고 시선을 끌기 때문에' 체육 시간을 좋아하지 않는다고 말한다.

브라에 방점 찍힌 스포츠 브라

성인이 되고는 원숭이 떼를 만날 일이 없었다. 대신에 어떤 운동을 하든 스포츠 브라를 필수로 갖춰 입어야 했다. 실제로 여성용 스포츠 의류 가운데서 가장 많이 팔리는 품목으로 레깅스와 함께 스포츠 브라를 꼽는다. 하지만 유감스럽게도 스포츠 브라는 결코 싸지 않고, 오랜 시간 여러 종류의 제품을 입어본 결과 광고와 달리 딱히 인체공학적이지도 기능적이지도 않다.

왜냐하면 스포츠 브라의 방점은 스포츠가 아니라 브라에 찍혀 있기 때문이다. 스포츠 브라도 결국 움직임을 방해하고 몸통을 옥죄는 브래지어의 일종일 뿐이다. 헬스장 메이크업이 그냥 메이크업이듯이. 일반 브라와 다른 점이 있다면 운동을 할 때 입기 때문에 어깨끈이 두껍고 혹 없이 일체형 디자인에, 땀 흡수를 고려한 소재로 만들어진 게 전부다.

그렇다면 굳이 이 비싸고 가슴을 옥죄는 브라를 운동 중에 입는 이유는 뭘까? 널리 알려진 이유는 다음과 같다. 운동할 때 가슴이 많이 흔들리면 가슴을 지지하는 쿠퍼 인대가 손상되는데 쿠퍼 인대는 한 번 끊어지면 재생되지 않기 때문에 보호가 필요하다는 것이다. 여기서 말하는 쿠퍼 인대란 가슴을 지지하는 섬유조직으로 운동을 하면 상하좌우로 흔들린다. 이 움직임이 계속되면 인대가 끊어지거나 가슴이 아래로 처질 수 있고 또 스포츠 브라를 착용하지 않은 채로 운동을 하면 가슴이나 어깨, 등 위쪽의 통증을 유발할 수 있다는 설이 상식처럼 통한다.

그렇다면 정말 쿠퍼 인대가 느슨해져서 가슴이 처지고 격렬한 움직임으로 인해서 쿠퍼 인대가 끊어지기도 하는 걸까? 그러려면 우선 쿠퍼 인대가 발목 인대나 어깨 인대처럼 뼈와 뼈 사이를 연결하는 강한 섬유조직이어야 할 것이다. 그런데 쿠퍼 인대의 진짜 정체는 유방체에서 진피까지 뻗는 섬유성 돌기이자 피부소대(皮膚小帶)다.

여기서 다시 피부소대를 설명하면 어떤 기관이 움직이는 범위를 제한하는 주름을 뜻한다. 따라서 쿠퍼 인대는 다른 인대처럼 끊어지거나 영구적으로 손상될 수 없다. 애초에 가슴을 지지하는 기관이 아니며, 쿠퍼 인대가 느슨해져서 가슴이 처지는 것도 아니다. 가슴은 얼굴이나 엉덩이와 마찬가지로 중력과 노화 때문에 자연스럽게 처질 뿐이다.

이러한 사실을 알고 나는 고민에 빠졌다. 한 스포츠 브랜드가 벌이는 대규모 러닝 이벤트를 앞두고 결정을 내려야 했다. 10km를 달리기까지 하체 근력과 지구력은 충분하지만 숨쉬기가 문제였다. 나는 심폐력이 약한 편으로 다른 운동을 할 때도 쉽게 숨이 차곤 한다.

하지만 달리기의 승패는 호흡에 달렸고 호흡이 가빠져서 더는 호흡할 수 없는 때야말로 숨을 끝까지 들이마시고 내뱉어야 호흡이 돌아온다. 가슴을 압박하고 옥죄는 브라를 입고 호흡을 유지할 수 있을까? 자신이 없었다. 그런데 또 막상 브라 없이 달리자니, 그 옛날의 원숭이 떼가 떠올랐고 쓸데없이 시선을 끌게 될까 봐 두려웠다. 하지만 나는 숨쉬기와 안도감 사이에서 숨쉬기를 선택했다.

자유롭게 숨 쉬며 더 멀리 달릴 때

처음으로 참가해본 대규모 러닝 이벤트의 묘미는 평소에는 달릴 수 없는 곳을 마음껏 달려볼 수 있다는 데 있었다. 거의 매일 차를 타고 지나던 양화대교를 달려서 건너는 즐거움과 잠시나마 통제를 벗어나는 일탈을 맛봤다.

스포츠 브라 없이 달리는 것 또한 마찬가지였다. 마음껏 숨을 마시고 내뱉는, 그 별것 아닌 행위 하나만으로도 보이지 않는 통제의 선을 넘어서는 기분이었다. 통증도 불편함도 없었다. 5km 달리기를 연습할 때처럼 km당 7분 페이스를 그대로 유지하면서 1시간 11분으로 달리기를 마쳤다. 10km를 쉬지 않고 달려본 것은 그때가 처음이었다.

여전히 '스포츠 브라 없이 운동하면 가슴에 통증이 온다', '가슴이 처진다'는 항설이 괴담 수준으로 부풀려져 있고 대다수 여성이 이 괴담을 철석같이 믿고 따른다. 여성의 가슴이 항상 이상적인 형태를 유지해야 하며 절대로 처져선 안 된다는 신념은 그 자체로 여성 혐오다.

　이 강력하고 그릇된 신념 덕분에 속옷 브랜드와 스포츠 브랜드는 엄청난 매출을 올렸고 성형산업도 함께 성장했다. 이제 여성들도 자유롭게 숨을 쉬고 편안함을 추구할 때가 됐다. 힘차게 달리고 더 멀리 가기 위해서라도.

힘센 여자가 겪는 일

힘이 세서 자부심? 오히려 그 반대

나는 힘이 세다. 단 한 번이었지만 200파운드가 넘는 바벨을 데드리프트 자세로 들어 올렸을 때, 또 16킬로그램짜리 케틀벨을 들고 20, 30번씩 스윙을 하면서 힘이 세다고 느꼈다. 근래에는 더욱 자주 여러 사람에게 힘을 확인받았다. 주짓수 도장에서 함께 훈련한 남자 파트너로부터 힘이 좋다는 말을 들었고 호신술 훈련 시간에는 나쁜놈(bad guy) 역할에 심취해서 파트너의 손목을 너무 세게 당긴 나머지 멍을 남겼다. 비록 한나절 내내 활자와 씨름하는 게 일과의 전부이긴 해도 힘이 센 것은 여러 가지 면에서 이득이다.

그래서 내가 힘에 있어서 자부심을 느꼈냐면 오히려 그 반대다. 내가 들었던 최고 무게의 두세 배쯤 되는 무게를 드는 역도 고수와 코치들, 그리고 언제까지나 자세 연습만 할 것 같더니 단시간에 나를 앞질렀던 남자 신입을

보면서, 나는 내 힘이 별스럽지 않다고 생각했다. 그리고 누군가는 힘센 나를 조금도 달가워하지 않았다. 내가 만났던 남자들, 그들은 하나같이 힘에 민감했다. 어쩌다가 장난스러운 힘겨루기가 시작되면 내가 힘이 세다는 것을 곧바로 알아차렸고 거의 필사적으로 제압하려 들었다.

그들은 키와 몸무게, 근육량에서 나를 앞서면서도 조금이라도 허약해질까 봐 운동을 쉬지 않았다. 말인즉 내가 힘을 내세워서 무섭게 덤비기 때문에 어떻게 해서든 기를 죽여놔야 한다는 것이다. 당당하게 말하던 모습이 얼마나 남자답던지! 정말이지 기란 무엇인가.

힘센 여자가 무력해지는 순간

비슷한 경험이 쌓이고 쌓여서 결국 나는 '힘이 센 여자'이긴 해도 '힘이 센 사람'이 되긴 어렵다는 결론을 얻었다. 그렇다면 어째서 힘센 여자 타이틀은 힘센 사람과 다르게 자부심을 주지 못하는가? 곰곰이 생각해보니 이유는 크게 두 가지였다.

우선 힘이 센 여자에게는 힘이 약해지는 정도가 아니

라 완전히 무력해지는 순간이 있다. 그런 일을 한 번 겪고 나면 그 끔찍한 기억을 오래도록 곱씹어야 한다. 오래전에 선배 언니와 함께 살던 때 우리가 잠든 틈을 타서 낯선 남자가 방 안까지 들어온 일이 있었다. 우리는 둘이고 그는 혼자였는데도 나와 언니는 죽은 사람처럼 누워서, 제발 그가 훔친 돈과 물건만 들고 나가주기를 기다렸다. 그 일이 있고 십 년이 흘렀지만 나는 아직도 괴한이 집 안으로 들어오는 악몽을 꾼다.

또 한 가지 이유는 여성의 불완전함에 관한 신화 때문이다. 남성우월주의자들은 여성이 남성보다 열등하다는, 날조된 신화를 전 분야에 걸쳐서 왕성하게 지어낸 다음 열정적으로 퍼트렸다. 그중에서도 가장 불티나게 팔린 신화가 '여자는 힘이 약하다'는 것이다.

만약 당신이 여성이라면 지금껏 살면서 '힘으로 남자를 이길 수 없다', '타고난 힘의 차이는 극복할 수 없다'는 말을 귀에 못이 박이도록 들었을 것이다. 실제로 내가 운동을 하면 할수록, 몸을 단련하면 할수록 가장 많이 들은 말 역시 '남자는 못 이긴다'는 것이다. 심지어 수억 원의 연봉을 받는 유명 선수들에게도 비슷한 사족이 따라붙는다. 세상은 남성보다 열등한 여성에 대해서 떠드는 것을 너무 좋아한다.

이런 이유로 힘센 여성은 여성성을 갖추지 못한 별종, 혹은 불완전한 존재로 묘사된다. 이는 미디어에 등장하는 힘센 여성의 면면을 살펴봐도 알 수 있다. 2016년과 17년 사이에 방영된 두 편의 드라마 〈역도 요정 김복주〉와 〈힘센 여자 도봉순〉은 훌륭한 참고자료다.

각각의 드라마는 로맨틱 코미디를 표방하며 역도 유망주인 체대생과 초인적인 힘을 가진 경호원을 주인공으로 내세운다. 두 주인공의 이름이 촌스러운 것에서 말미암아 우리는 이들이 〈내 이름은 김삼순〉부터 이어진, 사랑에 서툴고 연애 경험이 부족한 평범 이하의 여성임을 짐작할 수 있다.

캐릭터에 걸맞게 복주와 봉순에게는 남몰래 짝사랑하는 남성이 있다. 그리고 두 여성은 약속이라도 한 것처럼 남자 앞에서 정체를 숨긴다. 남자들이 힘센 여자를 싫어한다는 통념 때문이다. 개성 있고 정의롭기까지 한 이 주인공들은 눈치 없고 매력적이지도 않은 남자를 사랑하느라 급격히 초라해진다. 남자 주인공의 '진짜 사랑'을 깨닫기 전까지 이들은 어설픈 거짓말을 지어내고 죄책감 때문에 쩔쩔맨다. 약하고 가녀린 여자가 되고 싶지만 그럴 수 없어서 고뇌하다가 급기야 정체성을 버리려는 시도도 서슴지 않는다.

우여곡절 끝에 이들은 자신을 긍정하지만 그 계기는 힘센 여자라는 특이점까지도 포용하는 남자 주인공의 사랑이지, 자기애가 아니다. 결국 연약한 여성이나 그 범주를 벗어난 강인한 여성이나 하나같이 불완전한 존재로 귀결되는 것이다.

힘을 가져도 불완전한 존재라는 날조된 신화

자신의 몸을 믿지 못하고 힘을 가져도 여전히 불완전한 존재. 이 날조된 신화의 가장 큰 해악은 패배주의에 익숙하도록 여성을 길들이는 데 있다. 어느 누가 새로운 운동을 배우거나 기술 훈련을 받으면서 한계가 어디인가부터 미리 정해놓겠는가? 나의 가능성을 믿고 할 수 있다는 확신을 가져도 모자란 상황에서 여성은 지고 말 것이라는 자기 암시와 보이지 않는 한계선에 가로막힌다.

이런 일은 비단 체육관이나 픽션에서 뿐만이 아니라 사회 곳곳에서도 빈번하게 일어난다. 여성의 신체와 힘을 둘러싼 혐오는 오랜 세월 여성의 사회 진출을 가로막는 차별의 근거로 작용해왔다.

"여자치곤 상당히 힘이 세군요."

원더우먼이 트레버 대위를 처음 만나서 대위의 목숨을 구해주고 들은 말이다. 원더우먼이 대답한다.

"아뇨, 그냥 힘이 센 거예요."

그러자 대위는 '모욕할 뜻은 없었다'고 사과한다. 원더우먼은 다시 이렇게 말한다.

"그렇다고 모욕이 아닌 건 아니죠."

세상은 변하고 있고 아름다움의 신화, 모성의 신화, 가부장제의 신화 등 여성을 불완전한 존재로 묶어 두려는 신화가 조금씩 깨지고 있다. 여성의 몸과 힘에 관한 신화도 마찬가지다. 시효가 한참이나 지난 신화로 인해서 더는 여성이 모욕당하지 않기를 바란다.

습관을 바꾼 줄 알았는데 집착이었다

미국의 작가이자 정신건강 운동가인 제스 베이커는 '매력적이고 뚱뚱한(Attractive & Fat) 캠페인'으로 이름을 알렸다. 그의 저서 『나는 뚱뚱하게 살기로 했다(Things no one will tell fat girl)』를 찾아 읽는데 어느 대목에서 뜨끔하지 않을 수 없었다. 그는 미국은 물론 세계를 장악한 '건강 집착증'을 맹렬하게 비판했다.

오늘날은 모두가 이렇게 말한다. "뚱뚱한 건 끔찍해. 하지만 극단적으로 마른 것도 끔찍하지. 모두 건강해지는 게 중요하다고!" 친구들이여, 우리의 건강 집착증을 여실히 보여주는 말이다.

"몸매는 걱정하지 말고 건강에만 신경 써." 이런 말을 하면서 힘을 되찾고 있다고 생각했다면 멋지게 속은 거다. 표현만 달라졌다 뿐이지, 우리의 신체는 전과 똑같이 억압당하고 있다. - 『나는 뚱뚱하게 살기로 했다』 중에서 화장과 긴 머리, 몸매가 부각되고 움직이기 불편한 모든 옷, 주기적으로 몸무게 재기, 저열량에 단백질과 식이섬유 위주로 구성된 식단. 아름다움의 기준에 부합하려는 노력을 중단하면서 나는 오래된 습관을 하나씩 버렸다. 이 중에서 가장 먼저 내버린 것이 체중에 관한 강박이라고 자신했다.

하지만 제스 베이커의 일침은 깊숙한 곳에 감춰 뒀던 의구심을 들추기에 충분했다.

'이게 바로 말로만 듣던 건강 집착증인가?'

사실 나는 제스의 책을 읽기 전에도 이렇게 반문한 적이 있다. 언젠가부터 내가 너무 과도하게 몸을 사랑하는 게 아닌지 의심스러웠기 때문이다. 나는 『운동하는 여자』를 쓰는 동안 틈만 나면 운동을 배울 수 있는 곳으로 찾아갔고 운동을 직업으로 삼거나 취미로 즐기는 여성들과 함께 운동할 건수를 만들었다.

그러면서 건강한 몸에 관한 환상을 키웠고 특히 크로스핏 선수의 몸을 선망했다. 전신에 근육을 커다랗게 키우고 역도 등으로 흉통이 커진 십일자 복근이 아니라 커다란 식스팩이 선명한 몸. 여성이 그처럼 근육질 몸을 가지려면 오랜 시간 강도 높은 운동을 해야 하고 식사를 매우 철저하게 조절해야 한다. 물론 감히 시도조차 하지 못했다.

하지만 내가 팔로우한 인스타그램 계정이나 유튜브 채널에는 앞서 묘사한 몸이 넘쳐났다. 그들은 잘 훈련된 특수 요원처럼 보였다. 버터플라이 풀업이라고 불리는, 몸의 반동을 이용한 턱걸이를 연속적으로 하거나 체조 선수들이나 할 법한 머슬 업(철봉에 매달려 상체를 들어 올리는 기술)을 어렵지 않게 해낸다.

운동을 즐긴다고 생각했는데…

어쨌거나 그것은 건강한 몸이자 건강 그 자체이기 때문에 나는 그 모든 것을 죄책감 없이 즐겼다. 그러면서 내 몸의 기능이나 체력도 꾸준하게 좋아졌고 건강한 몸을 향한 애착과 환상도 함께 커졌다.

여기서 미처 생각하지 못한 문제는 몸을 많이 움직이면 다칠 확률도 커진다는 것이다. 나는 실제로 몇몇 친구들이 부상을 입거나 수술을 받는 것을 지켜봤다. 회복과 재활이 진행되는 동안 전처럼 마음껏 움직이지 못해서 괴로워하는 모습도.

그 친구들에게 '무리하지 마라', '다치지 마라', '몸을 아껴라'는 충고와 당부를 들으면서 나는 일어나지도 않은 일을 수도 없이 상상했다. 다치거나 기능을 잃고 움직이지 못하는 몸을, 마침내 병들고 쇠약해진 몸까지. 그러자 말할 수 없는 상실감과 슬픔, 우울이 밀려왔다. 그 일이 있고 나는 나에게 선고를 내렸다.

'당신은 건강 집착증입니다. 땅! 땅!'

이유인즉 제스 베이커의 지적대로 나는 건강한 몸의 범주에 뚱뚱한 몸이나 지나치게 마른 몸, 나이든 몸은 포함하지 않았다. 따지고 보면 이는 기만이다. 건강하기만 하면 다 좋다고 하면서도 이른바 '건강한 몸'의 상을 따로 만들어놓은 것이다(사실 건강한 몸만큼 정형화된 몸도 없다).

여신 몸매나 S라인 몸매 따위가 치워진 자리에 건강한 몸을 들인다고 해서 억압에서 벗어났다고 할 수 있을까? 그것은 새로운 형태의 우상일 뿐이다.

또 내가 화장이나 긴 머리에 앞서 체중에 대한 강박부터 버렸다는 것도 어느 정도는 기만임을 고백한다. 나는 애초에 뚱뚱하지 않았고 지속적으로 운동을 했기 때문에 체중이 크게 불어날 일도 없었다. 또 이삼 년 전부터 몸무게를 재지 않는 것은 사실이나 거울을 보면서 몸을 체크하는 습관을 아직까지 버리지 못했다.

그렇다면 제스 베이커는 어떻게 해서 자신의 몸을 긍정하고 뚱뚱하게 살기로 한 것일까. 다시 책으로 돌아가면 그는 몸을 긍정하기 위한 방법으로 셀피 많이 찍기, 팻키니(fatkini, 뚱뚱한 여성을 위한 비키니라는 뜻의 신조어) 입기, 체중 대신 증오 줄이기(lose hate to weight), 모든 몸매의 건강(HAES, Health At Every Size) 등을 제안했고 이는 큰 반향을 일으켰다.

셀피는 위험하지 않고 허영심의 표출이 아니고 자만심에 찬 것도 아니다. 셀피는 힘을 되찾는 수단이다. 당신 자신의 눈으로 스스로를 보는 수단이다. 당신이 가치 있다고 믿는 것을 규정하는 수단이다. - 『나는 뚱뚱하게 살기로 했다』 중에서

실제로 제스 베이커처럼 플러스 모델로 활동하는 여성들은 대담한 노출로 몸을 드러냄으로써 획일적인 아름다움의 기준을 바꾸고 새로운 흐름을 만들고자 한다. 쉬운

예로 이들은 뚱뚱한 여성이 비키니나 미니스커트를 입어서는 안 된다는 편견에 저항하며 원하는 대로 마음껏 노출할 수 있어야 한다고 주장한다. 그래야만 우리의 몸을 긍정하고 궁극적으로는 억압에서 해방될 수 있다는 것이다.

그런데 이들이 내세우는 방법은 하나같이 여성의 몸을 대상화하는 방향으로 기울어져 있다. 내가 대상화에 민감하게 반응하는 이유는 대상화는 어떤 식으로든 왜곡혹은 거짓을 동반하기 때문이다. 만들어진 이미지를 인터넷이라는 진열대에 올려놓는 행위는 타인의 시선을 지나치게 의식하고 그로 인한 정신적인 결핍을 부추길 여지가충분하다.

몸의 문제는 성찰의 문제

물론 제스 베이커는 포토샵이나 각도빨 없는 사진을공유하며 자신감을 키우자고 한다. 하지만 플러스 모델들이 찍는 모델 컷의 일률적인 스타일(노출, 표정, 포즈, 글래머러스한 몸매)을 떠올려보면 이는 너무 나이브한 주장이라는것을 알 수 있다. 몸을 긍정하는 것과 예쁘게 치장함으로써 당당해지는 것은 엄연히 다른 이야기다. 여성 혐오가 만연한 세상에서 우리의 몸을 긍정하기란 생각처럼 그렇게 간단하지 않다.

그렇다면 몸을 긍정도 부정도 않고 과도하게 사랑하거나 불안해하지 않으며 있는 그대로, 그저 받아들일 수는 없는가? 사실 처음 이 글을 쓸 때만 해도 몸에 관한 분명하고도 일관된 견해를 담고 싶었다. 하지만 나는 아직 그런 초연함과는 거리가 멀다. 솔직하게 말하면 앞으로도 자신이 없다.

어쩌면 몸에 관한 성찰은 죽을 때까지 계속될지도 모른다. 왜냐하면 우리는, 여성은, 몸에 의해서 차별받는 계급에 머물지만 그럼에도 우리에게 몸은 개인의 역사와 가능성과 생동감, 삶의 역동성이 내재된 장소이자 그것이 구현되는 도구이다.

우리는 그 모든 박해와 폭력, 멸시에 맞서서 인류의 진화를 도맡았다. 우리의 몸은 너무나 강하고 위대한 동시에 공격받기 쉽고 폭력에 취약하며 복잡하고도 복잡하다. 그래서 나는 이런 글을 쓸 수밖에 없다.

맨몸운동의 50가지 그림자

　그 무렵 나에게 나타난 여러 가지 징후는 충분히 미심쩍었다. 나는 매일 아침 고통 속에서 눈을 떴다. 몸을 약간만 움직여도 통증을 느꼈고 모든 근육과 관절이 이처럼 골고루, 공평하게 쑤신다는 사실에 놀랐다. 거울을 보다가 입술을 깨물었다.

　'이제 정말 끝이야.'

　그러나 해가 질 무렵 나는 또 그곳으로 갔다. 어둑한 계단을 따라서 아래로 내려가면서 금속과 고무, 지하의 냄새를 맡았다. 구석에서 웅크리고 있는 여러 가지 모양의 쇳덩이와 밴드에 눈길이 갔다. 오늘은 또 어떤 종류의 고통이 기다리고 있을까?

　누군가에겐 이것이 위험한 남자와의 피가학적인 러브스토리로 읽힐지도 모르겠다. 하지만 이건 『오의 이야기』도, 『나인 하프 위크』도, 『그레이의 50가지 그림자』도 아니다. 물론 가장 확실한 사랑의 징후처럼 자율성을 잃고 휘둘렸던 것은 사실이다. 맨몸운동에는 너무 깊숙이 얽힌 나머지 한번 시작하면 돌이킬 수 없는 사랑처럼 지독한 구석이 있다.

그런데 언제부터 이 운동이 대세였던가? 맨몸운동은 현대적인 스타일의 운동법이 휩쓸고 간 자리를 차지하면서 급부상했다. 원래 유행은 돌고 돈다. 바지통이 한없이 좁아지다가 다시 헐렁해지기를 반복하는 것처럼. 어느 날부터 사람들은 첨단 머신과 프로틴의 도움을 받아서 근육을 인위적으로 디자인하다시피 하는 운동법에 질려버렸고 대신에 몸의 무게를 이용하는 고대의 운동법에 관심을 보였다.

실감 나는 죄수 체험

처음 등장할 때만 해도 이 운동은 '남자의 운동'으로 통했다. 근력을 키우는 데 좋은 운동이라고 홍보한 탓에 남성들 사이에서 인기가 좋았다. 맨몸운동의 바이블로 통하는 『죄수 운동법(Convict Conditioning)』의 저자 폴 웨이드도 체조 선수 출신의 남성이고 그의 추종자도 대부분 남성이었다. 그는 무려 19년이나 교도소에서 복역했는데 맨몸운동 덕분에 운동 전문가로서 새로운 삶을 살게 됐다.

죄수와 맨몸운동의 만남. 이는 결코 우연이 아니다. 맨몸운동을 시작하기 위해서 필요한 것이 몸과 의지, 약간의 공간이라는 점과 여타의 재미있는 운동을 선택할 권리를 박탈당하면 더할 나위 없이 좋은 조건이 완성되는 점에서 교도소는 맨몸운동에 몰두할 수 있는 최적의 장소다.

내가 처음 맨몸운동을 배운 곳도 교도소를 연상케 하는 크로스핏 박스였다. 훈련하는 내내 '이건 죄수나 할 법한 중노동'이라는 생각이 들었다. 그만큼 힘들고 지루했다. 버피, 푸시업, 핸드 스탠드, 스쾃, 레그 레이즈, 런지, 플랭크 등 여러 가지 동작을 배웠지만 가장 어려운 것은 역시 풀업이었다.

풀업을 하기 위해서는 우선 배와 어깨, 등의 힘이 받쳐줘야 하고 고관절이 리듬을 타야 한다. 몸무게가 작게 나가는 사람이 훨씬 유리하므로 어깨와 등의 힘이 부족하고 체격이 큰 나는 악조건을 두루 갖춘 셈이었다. 하지만 이보다 훨씬 중요한 것이 있으니, 그건 바로 인내심이다. 풀업을 가장 잘하는 사람은 하루도 빠짐없이 한 가지 동작이 될 때까지 포기하지 않는 사람이다. 풀업이 될 듯 말 듯할 때마다 훈련을 중단한 나는 아직도 밴드에 의존하는 신세를 면하지 못했다. 그제야 영화 〈터미네이터〉나 〈지아이제인〉의 여성 전사가 어두운 창고 같은 곳에서 풀업을 하면서 등장하는 이유를 알 것 같았다.

그래서 버피나 플랭크, 핸드스탠드 푸시업이 상대적으로 쉬운가 하면 그렇지도 않다. 운동은 종목을 불문하고 연습이 유일한 답이요, 진리라고 하지만 맨몸운동은 특별히 발전이 더딘 것을 각오해야 한다. 발전하고 싶으면 모든 자율성을 잃은 죄수가 돼서 어제 같은 오늘, 오늘과 다를 바 없는 내일을 견뎌야 한다.

필요한 것은 자유가 아니라 인내

이 대목에서 나는 번번이 주저앉았다. 그것은 너무나 어리석고 허술하게 작동하는 마음 때문이었다. 고작 금지된 것을 욕망하는 것일 뿐인데, 그것을 진정으로 원하는 것 같은 착각이 온 마음을 지배했다. 자유가 없다고 생각하자 그렇게 자유가 간절할 수 없었다. 가장 싫어하는 버피를 오십 개쯤 하고(심장에 마비가 올 것 같았다) 스쾃을 백

개쯤 하고(허벅지에 불이 나는 것 같았다) 캐틀벨 스윙을 할 차례가(허리가 꺾일 것이다) 됐을 때 불현듯 익숙한 단어 하나가 떠올랐다.

'그래, 이건 스톡홀름 증후군이야.'

가해자에게 이입하고 고통스러운 유대를 끊어내지 못하는 심리적 병리 현상. 복잡한 권력 관계에 놓인 현대인은 누구나 스톡홀름 증후군을 앓는다고 하지 않던가. 맨몸운동을 끊어내지 못하는 나의 심리 상태를 병증이 아니면 달리 설명할 길이 없었다.

이렇게 온갖 번민에 사로잡힌 동안에도 근육은 찢어졌다가 아물었다. 어떤 부위는 점점 단단해졌다. 나는 급여가 입금된 걸 확인한 회사원처럼 슬그머니 생각을 바꿨다. 그래도 마음이 찢어지는 것보다 근육이 찢어지는 게 낫잖아? 스트레스로 목덜미를 잡을 바에야 심박 수를 올리자! 그렇게 번민과 자기만족을 오가며 밀고 당기는 사이에 근력과 심폐력, 지구력 등 통칭 체력이라고 불릴 만한 힘이 조금씩 생겨났다.

놀라운 것은 바로 그 무렵에 잃었던 자유를 되찾았다는 것이다. 언젠가부터 나는 내 몸과 그날의 운동을 이해하기 시작했다. 무리해서 도전할 것인가? 안전하게 연습만 할 것인가? 이를 결정하기 위해서는 내 능력의 최대치를 알아야 했고 내가 잘하는 것과 못하는 것, 그리고 몸의 어디가 강하고 약한지 세심하게 주의를 기울여야 했다. 새로운 기록을 세우는 것도, 몸을 보호하는 것도, 내가 결정하고 내가 책임져야 할 내 몫의 일이었다. 나는 운동을 끝까지 해내는 주체인 동시에 나를 훈련시키고 전략을 세우는 코치이자 감독이 됐다.

인생이라고 해서 뭐가 다를까? 인생의 주체가 내가 아닌 것 같을 때 진정으로 필요한 것은 멋대로 할 수 있는 자유가 아니라 인내일 것이다. 진정한 주체가 될 때까지 인내하며 힘을 기르는 것. 어리석은 마음을 다독이며 할 수 있는 일과 해야 할 일을 하는 것. 그렇게 보면 인생도 결코 복잡하지 않다. 맨몸으로도 당장 시작할 수 있는 이 운동처럼 말이다.

파도는 뒤에서 온다

누군가의 인스타그램 피드를 훑을 생각이라면 그에 앞서서 해야 할 일이 있다. 바로 언제 닥칠지도 모르는 부러움에 맞설 준비가 돼 있어야 한다는 것.

유명 레스토랑의 브런치 메뉴나 귀여운 고양이는 아무리 봐도 부럽지 않다. 잘하고 있다! 이리저리 피해 다닌다. 빈티지 찻잔을 수십 조씩 가진 사람과 바르셀로나에 가 있는 사람은 조금 부럽다. 그래도 아직은 괜찮다. 만약에 부러움 지수가 조금 오르거든 이렇게 생각해보자. 인스타그램 속의 이미지는 환상적으로 연출된 삶의 조각인데, 무방비 상태인 내 삶(휴일 대낮에 이불을 덮고 누웠다든지)과 단순 비교에 들어가면 결과는 뻔하지 않은가?

한시름 놓던 차에 복병을 만났다. 이번에도 고화질 액션캠이 담아낸 파도타기 영상 앞에서 무너졌다. 정확히 배 한복판에서 부러움이 솟구쳐 올라서 온몸으로 번져나갔다. 왜 저 영상의 주인공은 내가 아닌가? 꾸며진 삶의 환상인지, 단순 비교에 의한 뻔한 효과인지 분간할 겨를도 없이 그것은 내 마음의 정중앙을 파고들었다. 이로써 나에게도 '부러움 지뢰'가 있음을 인정하지 않을 수 없었다.

재미있는 것은 전 세계의 수많은 사람이 서핑이라는 부러움 지뢰를 공유한다는 사실이다. 이는 최초의 액션캠을 만든 고프로(GoPro)의 CEO 닉 우드먼이 억만장자 대열에 오른 것만 봐도 알 수 있다. 어릴 적부터 서핑 마니아였던 우드먼은 어느 날 35mm 방수 카메라를 팔목에 고정한 채 서핑하는 모습을 촬영했다. 친구들에게 영상을 보냈더니 폭발적인 관심이 쏟아졌고 그는 액션캠을 사업화하기로 마음먹었다.

그런데 왜 하필이면 서핑일까? 나에게 서핑은 죽은 것처럼 잠잠하던 호기심이 깨어나는 모험이다. 굳이 나이 탓을 하고 싶지 않지만 슬프게도 언젠가부터 좀처럼 무엇이 궁금하지도, 알고 싶지도 않은 것이 사실이다. 그렇지만 파도를 타는 기분만큼은 간절하게 알고 싶었다.

생각해 보라. 등에 안장을 얹을 수 있는 가축이나 사나운 야생 동물을 올라타고 싶은 마음은 짐작이라도 할 수 있지만 파도는 그렇지 않다. 인류 최초로 보드 하나에 의지해서 파도를 타겠다고 마음먹은, 그 무모하고 과시적인 사람은 누구일까? 무슨 이유로 그 위험하고 제멋대로인 것을 타려고 했을까?

현실은 지루하고 고생스러운 것

결국 친구와 나는 서울에서 양양으로, 다시 해안도로를 따라서 한참 달리다가 서프 캠프가 자리한 한적한 해변에 도착했다. 그때까지만 해도 서핑을 배우러 간 두 여자의 모험을 다룬 로드무비처럼 재미있고 편한 것만 상상하며 환상을 키웠다. 영화가 삶에 끼치는 해악은 수치로 환산해서 알릴 필요가 있다.

서핑 포인트까지 낑낑거리며 서프보드를 옮기면서, 뜨거운 모래사장에서 한 시간가량 자세 연습만 하면서, 파도에 떠밀려온 보드에 머리를 얻어맞을지도 모른다는 공포에 떨면서, 환상이 물거품처럼 사그라들었다. 이 모든 과정은 내가 상상했던 것과 정확히 반대였다. 지루하고 고생스러웠다.

곡절 끝에 물에 들어갔지만 파도를 탔다기보다 물에서 뒹굴었다는 표현이 더 정확하다. 신속하고 폼나게 일어서고 싶었으나 무서워서 주저하다가 번번이 타이밍을 놓쳤다. 엎드려서 두 팔로 노를 젓는 일명 '패들링'만 잘한다고 칭찬을 들었다. 그건 순전히 팔심이 세기 때문이었다.

그런 와중에도 전날 연습한 동작이 몸에 익었는지, 둘째 날엔 테이크오프(보드 위에서 일어서는 동작)가 한결 매끄러웠다. 문제는 전날과 다름없이 거세게 몰아치는 파도였다. 코치가 겁많은 초심자를 위해서 파도를 골라줬고 모두가 급식소에서처럼 줄을 서서 파도가 배급되기를 기다렸다.

드디어 차례가 돌아왔고 나는 보드 위에 엎드렸다. 긴장감이 마구 증폭됐다. 그럴 수밖에 없는 것이 파도는 무조건 뒤에서 온다. 파도는 나를 봐도 나는 파도를 볼 수 없다. 파도가 다가온다고 코치가 알려주면 패들링을 하기 시작했다. 파도가 얼마나 큰지, 어디까지 다가왔는지 전부 상상에 맡겨두고 침착하라고 되뇌었다.

정말이지 운동의 언어는 뻔뻔스럽기 짝이 없다. 가장 핵심적인 동작을 설명하는 언어는 전부 모순적이고 이율배반적이다. 예를 들어서 '힘을 뺀 채로 절도 있게', '생각을 해도 너무 많이 생각하지 말고', '너무 멀지도, 너무 가

깝지도 않은 적당한 곳'이란 말이 아무렇지도 않게 통용된다.

쉬지 않고 허우적거리면,

서핑도 마찬가지다. 뒤에서 파도가 오는데도 침착한 동시에 신속하게 일어서야 한다. 무엇보다 흔들리는 보드 위에서 온몸에 힘을 뺀 채 흔들리지 않는 게 중요하다. 여기에 멀리 보라는 주문까지 추가된다. 보드가 불안정하게 흔들리면 시선이 발로 떨어지기 마련이나 이때 무조건 멀리, 전방을 봐야 균형을 잡을 수 있다.

그래서 내가 한 번이라도 파도를 탔느냐고? 운동의 언어를 빌려서 말하자면 파도와 스치긴 해도 만나지는 못했다. 양양에서도 제주도에서도 마찬가지였다. 파도가 뒤에서 밀어주는 순간의, 놀랍도록 매끈하고 속도감 있던 그 감각만이 생생하게 떠오른다.

결론은 사는 이유를 잘 모르듯이 파도를 타는 법도 모르겠다는 거다. 내가 아는 것은 뒤에서 오는 파도처럼 꾸미려야 꾸밀 수 없는, 날 것 그대로의 삶을 살고 봐야 한다는 사실이다. 흔들리는 곳에 서서 흔들리지 않고 절대로 낙담하지 말고 멀리 보며. 파도를 타는 순간보다 허우적거리는 시간이 훨씬 길지만 어쩌겠는가. 혹시 또 아는가, 쉬지 않고 허우적거리다가 보면 언젠가 능수능란하게 파도를 타게 될지?

"파도가 집채만 한데 이게 절대 과장이 아니에요. 파도 안에서 소용돌이치는 모양이 다 보인다니까. 나중에 든 생각은 대자연이 무섭다는 거였어. 무슨 신이 만든 통돌이 세탁기에 돌려지는 기분이에요."

이제 막 서른이 된 P는 평소엔 크로스핏과 주짓수, 여름엔 서핑, 겨울엔 스노보드를 즐기는 엄청난 여자다. 그날도 우리는 10km 달리기 대회에 참가했고 당분과 카페인이 절실해서 커피를 마시는 중이었다. P는 서퍼들의 성지인 발리에서 질리도록 파도를 탔던 이야기를 들려줬다.

'왜 이 이야기의 주인공이 내가 아니지?'

조금 위험한 반려동물 같은 호기심이 움직이기 시작했다. 큰일이다. P가 또 부러움 지뢰를 건드렸다.

내가 싸움을 배운 이유

　어렸을 때 상상 속에서 함께 놀던 친구는 만화 피너츠에 등장하는 아이들이었다. 개성이 뚜렷한 캐릭터들 사이에서 루시에게 특별한 동질감을 느꼈다. 심술궂은 루시는 찰리 브라운을 집중적으로 괴롭히는데 찰리는 원작자 찰스 먼로 슐츠가 가장 아끼는 그의 페르소나다. 자연히 루시를 미워하는 이들이 적지 않았다. 그럼에도 나는 영리하고 생각하는 대로 거침없이 말하고 여느 소녀처럼 선행에 집착하지 않는 루시가 좋았다.

　루시는 천성이 공격적이다. 심지어 짝사랑하는 슈뢰더에게도 공격성을 감추지 않는다. 이런 성격에 걸맞게 취미는 복싱. 야무지게 글러브를 끼고 스누피를 향해서 주먹을 휘둘렀다.

　'왜 지금까지 싸움을 배울 생각을 못했을까?'

　지난여름, 처음으로 주짓수를 배우면서 생각했다. 나는 싸움에 대해서 전혀 알지 못할 때도 싸움을 잘할 것 같다거나 심지어 폭력적이라는 말도 들어봤다. 도대체 왜?

우연으로라도 싸움에 휘말려 본 적이 없고 싸움을 구경하는 것도 좋아하지 않는데. 설마 지지 않으려는 근성이나 지나치게 솔직하고 신랄한 면모, 받은 것(좋은 것이든 나쁜 것이든)을 잊지 않고 돌려주는 버릇 때문인가?

그게 어떻다고. 만약에 남자였다면 카리스마 있다는 말을 들었을 텐데. 실제로 폭력을 일삼는 남성 앞에 '상남자'라는 타이틀이 붙는 일이 드물지 않다. 누구는 물리적인 폭력을 휘두르는데도 상남자이고 누구는 잘 웃지 않고 신랄하다고 해서 폭력적이라니, 생각할수록 이상한 일이다.

하지만 막상 싸움을 배워보니 결과는 정반대였다. 나는 충격적일 정도로 싸움에 무지했다. 왜 아니겠는가? 나는 폭력이 싫고 내가 폭력의 피해자가 되는 상상만으로도 괴로워서 견딜 수 없었다. 그래서 그것이 나와 완전히 격리된 곳에 존재하기를 바랐다.

하지만 이는 정말 순진한 희망 사항이다. 여성이 얼마나 쉽게 폭력의 피해자가 되는지를 알면 폭력을 특별한 것으로 간주하고 멀찌감치 떨어뜨려 놓는 것처럼 어리석은 일도 없다.

2019년 1월 21일 여성신문이 보도한 내용을 보자. 기사에 따르면 한국에서 일어나는 살인, 강도, 방화, 성폭력 등의 강력범죄 피해자 중 91%가 여성이다. 특히 성폭력 피해자의 93.5%가 여성이다. 2015년부터 최근 3년간 살인, 강도, 방화의 발생은 줄었지만 성폭력 범죄는 27.8%나 증가했다. 통계에 집계되지 않은 가정 폭력과 데이트 폭력은 또 어떤가. 한마디로 폭력을 행사하는 성별은 남성이고 그 피해를 고스란히 떠안는 성별은 여성이다.

폭력은 남의 일이 아니다

가부장제 사회에서 폭력의 피해자가 되는 여성. 구도가 이처럼 명백한데도 남성우월주의자들은 이 문제가 도마에 오를 때마다 적당히 눙치면서 넘어갈 생각만 한다. 또 수많은 통계와 연구가 심각성을 일깨우는데도 이를 사적인 영역에서 발생하는 개인 간의 다툼으로 축소하려는 시도도 적지 않다.

그래서 미국의 작가이자 저널리스트인 수전 브라운밀러는 강간의 역사를 집대성했다. 그는 4년을 투자해서 자

그마치 6백 페이지가 넘는 방대한 분량의 원고를 썼고 그 위대한 결과물이 바로 페미니즘의 고전인『우리의 의지에 반하여(Against our will)』다.

책의 거의 막바지에 작가가 강간을 연구하는 동안 틈틈이 주짓수와 가라테 훈련을 받은 대목이 등장한다. 작가는 우리가 싸우는 여성이 되는 것을 막는 가장 커다란 장애물은 비참할 만큼 발달되지 않은 근육이 아니라 우리 내면에 자리한, 때리는 것에 대한 금기라고 주장한다.

이러한 금기는 프랑스의 작가 비르지니 데팡트가 쓴 『킹콩 이론(King kong theorie)』에도 언급된다. 작가는 강간당하던 중에 의도적으로 무의식 상태가 됐던 고통스러운 기억을 더듬는다. 그는 주머니 안에 칼이 있었음에도 가해자를 공격하지 못하고 무기력하게 당하기만 했던 순간을 이렇게 묘사했다.

'나는 나를 보호하기 위해서 한 남자를 피 흘리게 할 수 없었다.'

나는 이 문장이 의미하는 바를 간접적으로나마 체험한 적이 있다. 바로 여성을 대상으로 하는 호신술 세미나에서였다. 그 자리에 모인 스무 명에 가까운 여성들은 '강

간의 타깃이 되고 고립되어 주먹으로 두들겨 맞거나 목이
졸릴 때 어떻게 대응할 것이냐는 질문을 받았다. 하지만
누구도 가해자를 제압할 신속하고 효율적인 방어법이 무
엇인지 답하지 못했다. 아무런 도움도 되지 않는, 오히려
지치고 가해자를 자극할지도 모르는 몸부림이 여성들이
알고 있는 최선이었다.

마음을 다쳐도 훈련은 계속 된다

말하자면 우리는 단 한 번도 도와달라고 크게 소리치
는 연습을 해본 적이 없다. 주먹을 휘두르거나 목을 조르
는 남자의 팔을 어떻게 부러뜨리는지 배우지 못했고 가해
자의 손에 들린 칼을 보고 얼어붙지 않는 법도 배우지 못
했다.

요컨대 여성은 싸움을 모르고 싸우는 방법을 모른다.
그것이 여성성의 영역이 아니라고 배웠기 때문이다. 여자
에게 싸움은 너무 과격하다는 편견 때문에, 다칠지도 모른
다는 얄팍한 배려 덕분에, 싸움을 모르는 존재로 길들여
진 것이다. 그 결과 일부 여성들은 폭력에 폭력으로 맞서

는 것은 정답이 아니라고 말한다. 그 말은 마치 사칙연산을 모르지만 함수를 풀겠다는 말처럼 들린다. 폭력을 알지도 못하면서 어떻게 폭력으로부터 자신을 지킬 것인가?

이러한 결론에 도달하자 싸움을 배워보겠다는 의지가 확고해졌다. 하지만 의지가 충만한 것과 그 일을 잘할 수 있는 것은 별개다. 싸움의 어려움은 운동의 그것과 결이 다르다. 상대방이 나보다 훨씬 힘이 셀 때 그 힘을 어떻게 이용해야 할지 몰라서 당황했다. 두려움에 압도됐을 때 나타나는 반응만큼 적나라한 것도 없다. 팔과 다리를 어디에 둬야 하는지도 모르겠고 매일 같이 실력의 차이를 체감하면서 때로는 몸이 아니라 마음을 다쳤다. 뒤늦게 후회하고 원망도 해봤다.

'루시처럼 샌드백이라도 두들길걸'

'아니, 왜 그 흔한 태권도도 안 가르쳐 준 거야?'

그 순간 누군가의 말을 떠올렸다. 페미니즘은 여성의 시계가 천천히 가고 있었음을 깨닫는 것이라고. 이 나이까지 싸움을 몰랐고 수전 브라운밀러가 아니었으면 싸움에 도전하지도 않았을 것이다. 늦됨에서 비롯된 핸디캡을 받아들이기로 했다.

시계가 천천히 가는 것을 알았으니 이제부터라도 시곗 바늘을 제자리에 돌려놓을 것이다. 과정이 고되거나 더딜 지라도 괜찮다. 결코 멈추거나 거꾸로 가지 않을 거니까.

그라운드에선

여자들

황제마저 피하지 못한 출산 경력 단절

여성 래퍼 제시가 부른 〈쎈언니〉는 제목처럼 자신이 강한 여성임을 과시하는 노래로, 제시 특유의 음색과 래핑이 절묘하게 어우러져서 크게 히트한 곡이다. 가사 중에 '남자들도 쫄지, 론다 로우지'라는 대목이 있는데 아마도 '-지' 라임을 맞추느라 센 언니의 대표주자 론다 로우지를 소환한 것 같다.

물론 론다 로우지도 더할 나위 없이 세지만 나에게 센 언니라고 하면, 1995년에 프로 무대에 데뷔해서 지금까지 줄곧 남자들은 물론 세상도 쫄게 만든 이가 반사적으로 떠오른다. 그는 바로 테니스 황제 세리나 윌리엄스다.

"저 근육 좀 봐, 여자도 아니야."

어린 시절 우리 집은 스포츠 뉴스를 보면서 하루를 마무리하곤 했는데, 당시 세리나 윌리엄스와 그의 언니 비너스 윌리엄스는 스포츠 뉴스의 단골손님이었다. 그런데 윌리엄스 자매가 등장할 때마다 남자들의 반응은 한결같았다. 그들의 압도적인 육체를 보면서 여자도 아니라고 비아냥대거나, 고작 '코트의 흑진주' 따위로 부르며 칭찬하거나. 세리나를 그저 '여자 리그에서 잘 뛰는 흑인 선수'쯤으로 깎아내리려는 시도는 세리나 윌리엄스라는 존재의 파급력이 그만큼 위협적이라는 반증일 것이다.

그도 그럴 것이 세리나 윌리엄스는 살아있는 전설이며 누구도 여기에 이견을 제시할 수 없다. 그는 남다른 정신력과 천부적인 재능으로 자신이 테니스 역사상 가장 뛰어난 선수임을 입증했다. 20년이 넘게 이어진 선수 생활 동안 그가 세운 기록은 일일이 열거하기 버거울 정도로 화려한데 단연 돋보이는 기록은 커리어 골든슬램의 달성이다.

일반적으로 프로 테니스 선수라면 누구나 꿈꾸는 목표로 〈커리어 그랜드슬램〉을 꼽는다. 커리어 그랜드슬램은 한 선수가 4대 메이저대회(호주, 프랑스, 영국 윔블던, U.S. 오픈)를 모두 석권하는 것을 의미한다. 테니스가 프로화된 이후 지금까지 이 기록을 달성한 선수는 여자 6명, 남자 4명이 전부다. 커리어 그랜드슬램보다도 우위에 있는 기록이 〈커리어 골든슬램〉인데 이는 4대 메이저 대회 우승에 올림픽 금메달을 더한 것이다.

2003년에 커리어 그랜드슬램을 달성한 세리나 윌리엄스는 시드니 올림픽과 베이징 올림픽에서 비너스와 여성 복식에서 금메달 획득, 런던 올림픽 결승전에서 라이벌인 샤라포바를 꺾고 단식에서 금메달을 획득하며 단복식 금메달을 모두 거머쥔 커리어 골든슬래머로 당당하게 이름을 올렸다. 지금까지 커리어 골든슬램을 기록한 선수는 세리나를 포함해서 단 네 명뿐이다. 이것이 그가 성별을 불문하고 현존하는 최고의 선수라는 사실을 뒷받침하는 근거다.

차별에도 쫄지 않던 테니스 황제

하지만 이처럼 독보적인 선수도 고난을 겪으면서 성장했다. 세리나는 단지 흑인 여성이라는 이유로 백인 중심적이고 마초적인 테니스 코트에서 차별을 겪어야 했다. 2001년에 있었던 인디언웰스 마스터스 사건은 지금까지도 회자되는데 세리나는 이 대회 4강에서 비너스와 만났다. 하지만 8강에서 부상을 입은 비너스가 기권했고 관중들은 언니가 동생의 우승을 위해서 일부러 기권했다고 비난을 퍼부었다.

결승전이 열린 날, 관중들은 세리나가 실점할 때마다 환호하고 인종차별적인 모욕도 서슴지 않았다. 세리나는 악재에 굴하지 않고 우승했지만 상처가 너무 컸던 탓에 13년간 이 대회를 보이콧했다. 그는 자서전에서도 이 사건을 언급했는데 당시의 일을 "나와 혐오스러운 관중과의 대결이었다"고 회상한다. 또 그렇기 때문에 무슨 일이 있어도 지지 않겠다 다짐했다고 한다.

이처럼 인종차별에도 맞섰던 강인한 그가 최근에 또 한 번의 시련을 겪으며 부진에 빠졌다. 세리나는 알려진 대로 2017년 9월에 딸을 출산했다. 임신 2개월의 몸으로 호주오픈 우승컵을 안았지만 그런 그에게도 출산은 커다란 장벽이었다.

그는 출산하기 직전에 출전한 프랑스 오픈에서 16강전을 앞두고 가슴 통증으로 기권했고 출산 후에는 혈전(혈관에 뭉친 핏덩이)이 문제가 되면서 임신합병증을 앓았다. 절치부심 끝에 2018년 7월에 열린 영국 런던 윔블던 대회에서 준우승을 거두며 황제의 귀환을 알렸다. 경기 후 인터뷰에서 "세상의 모든 엄마를 위해 뛰었다. 내 테니스 여정은 이제 막 다시 시작됐다"고 말했다.

하지만 8월, 미국 캘리포니아주에서 열린 여자프로테니스(WTA) 투어에서 세리나는 데뷔 이후 처음으로 한 경기를 제외하고 완패했다. 그는 자신의 인스타그램 계정을 통해서 "딸에게 좋은 엄마가 아닌 것처럼 느껴졌다"는 소감을 밝혔고 산후우울증을 토로했다.

흑인 여성, 그리고 한 아이의 엄마인 세리나 윌리엄스가 겪은 고난은 여성이라면 한 번은 부딪힐 법한 세상의 모든 부조리를 모아놓은 축소판 같다. 실력과 연봉에 있어서 세계 최고인 선수조차도 여성, 특히 엄마를 속박하는 굴레를 피할 수 없다.

단적인 예로 세리나는 출산 직후 랭킹 포인트가 소멸하는 바람에 세계 랭킹 1위에서 자그마치 491위로 밀려났다(테니스 세계 순위는 최근 1년간 출전한 대회 성적으로 정한다. 세리나는 임신과 출산으로 1년 넘게 대회에 출전하지 못했다). 딸을 얻었다는 이유로 황제가 경단녀가 되는 것만큼 부조리한 일이 또 있을까? 세리나가 남자 선수였다면 아이 열 명을 얻더라도 이런 일은 일어나지 않았을 것이다.

편견에 맞선 코트의 히로인

이런 이유로 세리나 윌리엄스를 바라보는 심정이 너무나 복잡하다. 나는 누구보다도 이 여성이 다시 일어서기를 바란다. 하지만 그가 왕좌를 되찾더라도 그것이 '여성의 부조리는 노력으로 극복할 수 있는 개인의 문제'라는 메시지가 돼서는 안 된다고 생각한다.

오늘날에도 출산은 목숨을 걸어야 할 만큼 위험한 일이며 엄마의 삶을 사느라 존재가 지워진 여성은 헤아릴 수 없이 많다. 인류 절반의 운명과 직결되는 이 중대한 문제가 숭고하지만 심상한 일로 취급받는 것은 그것이 전적으로 여성의 일이기 때문이다. 시몬 드 보부아르는 명저『제2의 성(Le deuxieme sexe)』에서 이렇게 말했다.

"여자들이 오늘날 요구하는 것은 남자와 동등한 자격에서 실존자로서 인정받는 것이지, 실존을 생명에, 인간을 그 동물성에 복종시키는 것이 아니다."

중요한 사실은 세리나가 그 숱한 고난을 겪으면서도,

'출산은 커리어의 무덤'인 스포츠계를 떠나지 않았다는 것이다. 그는 여성 건강에 대한 사회적인 관심이 필요하다고 주장했고 그로 인해서 보이지 않는 곳에서 고군분투하는 여성들이 주목받았다.

편견과 기득권의 질서에 맞선 코트의 히로인. 공식적인 기록이 남진 않겠지만 이것이야말로 세리나가 써낸 최고의 기록일 것이다.

신념이 영웅을 만든다

스포츠 팬들은 언제나 영웅의 출현을 고대한다. 영웅이 팬들에게 이토록 열렬한 응원과 지지를 받는 까닭은 그들 개개인이 저마다 특별한 감동을 자아내고 지켜보는 이들의 정신마저 고양시키기 때문일 것이다. 이를테면 동시대인으로서 놀라운 활약을 보여준 나의 영웅 김연아 선수는 예의 그 가볍고 예리한 점프로 신성이 재현되는 순간을 선사했다. 나는 그가 은퇴한 지금도 전설이라 불리는 안무를 종종 돌려 보면서 완벽한 아름다움의 존재를 확인하곤 한다.

스포츠의 역사를 따라가 보면 남성 영웅을 압도하는 투지와 용기를 보여준 여성 영웅들이 있다. 그러나 안타깝게도 이들의 선한 영향력과 연봉이 비례하지는 않는다. 포브스가 발표한 스포츠 스타의 연봉 순위를 보면 상위는 전원 남성으로 채워져 있다. 그럼에도 아니, 오히려 그렇기 때문에 자신의 영향력을 선용할 줄 알고 사회를 바꾸는 데 기여하는 여성 영웅의 존재는 특별하다.

수많은 영웅 중에서도 테니스 선수 빌리 진 킹(Billie Jean King)은 정의로운 여성 영웅상에 완벽하게 부합하는 선수다. 그의 인생을 한마디로 요약하면 전기 영화 〈빌리 진 킹: 세기의 대결〉의 원제 그대로, '성의 전쟁(Battle of sexes)'이라 할 수 있다. 그는 테니스계에 만연한 성차별을 공론화하고 차별에 맞서 싸우며 변화를 끌어낸 최초의 여성이다.

여성들은 절대 무릎 꿇을 필요가 없다

빌리 진 킹이 챔피언으로 활약하던 1970년대만 해도 테니스 대회의 상금은 성별에 따른 격차가 매우 컸다. 이는 남성부 경기의 인기가 더 높다는 단순한 이유 때문이었다. 지금도 거의 모든 프로 스포츠 리그에서 남성부 경기가 여성부 경기에 비해서 '수준이 높다', '박진감이 있다' 등의 허술하고 빈약한 근거를 내세우며 연봉이나 상금을 차별적으로 지급한다. 이러한 처사는 여성 리그의 흥행을 위한 투자를 방해하고 결국 기반 부족으로 인해서 선수 발굴이 어려워지는 방식으로 악순환을 양산한다.

　　부당한 제도에 반기를 든 빌리는 뜻을 함께하는 동료들과 여자부 대회 보이콧을 선언하고 세계여자테니스협회를 설립했다. 이들은 협찬사를 모으고 새로운 대회를 개최하면서 화제를 모았다. 그러던 중에 빌리의 파격적인 행보를 눈여겨보던 전 윔블던 챔피언 바비 릭스가 빌리에게 성대결을 제안한다. 이것이 자신의 뜻을 세상에 알릴 수 있는 절호의 기회라고 여긴 빌리가 도전을 받아들이면서 사상 최초의 빅매치가 성사됐다.

　　결과는 빌리의 압승. 이후에도 빌리는 테니스 메이저 통산 39회 우승이라는 놀라운 성적을 거뒀고 프로 선수로서는 최초로 커밍아웃을 한 선수가 되기도 한다. 빌리의 끈질긴 노력은 2007년, 드디어 남녀동일 액수의 상금을 쟁취함으로써 결실을 보았다.

　　이로써 테니스는 수많은 프로 리그 가운데서 가장 먼저 성차별적인 보상 제도를 바꾼 종목으로 기록된다. 지금도 NBA 남자 선수들이 여성 선수들의 100배 가까이 높은 연봉을 받고 남자부 PGA 대회의 상금이 여성부 LPGA에 비해서 5배 높은 것을 보면 이는 대단한 파격이 아닐 수 없다.

최근에 남성 테니스 선수들 사이에서 다시 예전처럼 상금 액수에 차별을 두자는 의견이 있다. 하지만 빌리가 이뤄낸 성취의 가치를 아는 후배 선수들이 이에 적극적으로 대응하고 있다. 이를테면 세리나 윌리엄스는 상금 차별 지급에 대해서 '여성들은 절대 무릎 꿇을 필요가 없다'고 일축했다.

빌리 진 킹은 은퇴 이후에도 환경 운동에 앞장서고 성소수자들의 인권 향상에 힘쓰는 등, 존중받지 못하는 소수를 위해서 꾸준하게 목소리를 냈다. 이러한 행보는 그와 관련된 유명한 일화를 떠올리게 한다. 빌리는 십 대 시절에 테니스복이 없는 아이들이 단체 사진을 찍지 못하는 것을 목격하고 힘없는 사람이 무시당하지 않는 세상을 만들겠다고 다짐했다.

"사람은 누구나 꿈이 있어야 하고, 그 꿈을 향해 갈 수 있어야 합니다. 그러나 여자 말은 사람들이 잘 듣지 않으리란 걸 알았기 때문에 저는 최고가 돼야 했습니다."

빌리 진 킹이 최고가 되는 데에는 남다른 의지와 노력

이 작용했을 터다. 여기에 생애를 걸고 지켜야 할 투철한 신념이 있었기에 최고에서 영웅으로 거듭날 수 있었던 것이 아닐까?

경제개발로 국가 발전에 가속도가 붙으면서 한국의 스포츠계에도 영웅이 필요했다. 국가 대항전에서 우승한 선수는 애국심을 전파하기에 좋은 수단이었다. 하지만 그로 인해서 몇몇 선수에겐 헝그리 정신으로 무장한 운동 영웅의 이미지가 덧씌워지기도 했다.

그렇게 가난한 소녀에서 꿈을 이룬 영웅으로 선전에 이용됐던 대표적인 인물이 임춘애다. 문제는 선수 본인은 자신에게 이러한 이미지가 덧씌워지는 것을 원하지 않았다는 점이다. 그는 자신이 라면만 먹고 달린, 극빈한 소녀로 회자될 때마다 일일이 해명을 하면서 오해를 바로잡고자 했다. 하지만 30년이 지난 지금까지도 오해가 끊이지 않는다고 한다.

그렇다면 이제는 이러한 구시대적인 선전이 완전히 사라졌다고 볼 수 있을까? 안타깝게도 지금도 여성 선수가 국제무대에서 활약을 할 때마다 '악조건을 극복한 비인기 종목 선수'라는 타이틀이 따라붙는다. 〈우리 생애 최고의 순간〉으로 영화되기도 했던 국가대표 여자 핸드볼 팀이 그랬고 컬링으로 은메달리스트가 된 팀 킴 또한 마찬가지다.

대중은 이들이 악조건 속에서 훈련하는 동안엔 별다른 관심을 보이지 않았다. 국제무대에서 뛰어난 성적을 거둔 후에야 극악한 환경을 노력 하나로 극복한 영웅이라고 추켜세우기 바빴다.

또 김연아 선수가 캐나다 동계올림픽 금메달리스트의 자리에 올랐을 때 언론과 기업은 일제히 '세계 초일류 국가'라는 슬로건을 내세우며 홍보에 열을 올렸다. 하지만 김연아 선수가 이룬 업적의 이면에는 취약하기 이를 데 없는 토대를 극복해낸 개인의 피나는 노력과 가족의 희생이 있었다.

김연경이 박수받는 이유

그럼에도 한 가지 고무적인 현상은 한국의 스포츠계가 앞서 소개한 빌리 진 킹과 같은 정의로운 영웅을 배출해내는 단계까지 발전했다는 점이다. 변화의 주인공은 김연경 선수다. 그는 최고의 선수로서 실력을 인정받았고 또 그에 걸맞은 의미 있는 발언을 함으로써 화제가 됐다. 김연경 선수는 최근 여자 선수와 남자 선수의 연봉 격차에 관한 이슈, 이른바 '샐러리캡'에 대해 문제를 제기했다. 자신의 트위터 계정에 '남자 선수 샐러리캡, 여자 선수 샐러리캡의 차이가 너무 난다. 왜 점점 좋아지지 못하고 뒤쳐지고 있을까?' 라는 내용의 트윗을 올린 것이다.

김연경 선수가 지적한 샐러리캡은 팀 연봉 총액의 상한선을 정해두는 제도를 말한다. 문제가 된 사항은 남자팀의 연봉 총액과 여자팀 총액이 10억 원 이상 차이가 난다는 것과 여자 선수에 한해서 1인 연봉 최고액이 샐러리캡 총액의 25%를 초과할 수 없다는 단서 조항까지 추가된 것. 이는 빌리 진 킹이 불공평한 제도에 맞서서 투쟁했던 때와 마찬가지로 격렬한 논쟁을 불러왔다.

샐러리 캡을 옹호하는 쪽은 경영상의 효율성과 성별에 따라서 리그 흥행에 기여도에 격차가 있다는 점을 근거로 제시한다. 하지만 최근 V리그 흥행 기여도를 살펴보면, 남자 배구와 여자 배구의 격차가 거의 없으며 오히려 여자 배구의 TV 시청률과 관중 수가 크게 상승한 것으로 나타났다. 여기에 여자 배구 선수단을 소유한 모기업은 홍보 효과를 톡톡히 누렸다. 어쩌면 협회와 구단은 여자부 선수들의 인기를 연봉에 반영하려는 의지가 없는 게 아닐까?

여전히 샐러리캡이 성별 문제냐, 아니냐를 두고 갑론을박이 이어지는 가운데 나는 최초로 문제를 제기한 김연경 선수의 용기에 주목한다. 한 개인이 최고의 자리에 오르는 것은 자주 볼 수 있는 현상이다. 하지만 최고가 된 개인이 신념에 따라서 유의미한 발언을 하고 한쪽 입장에 힘을 실어주는 것은 드문 일이다.

빌리 진 킹의 명언대로 세상은 여성의 말을 잘 들어주지 않으며 심지어 여성이 목소리를 낸다는 이유만으로 발언하는 여성을 억압하기도 한다. 이를테면 아이돌 가수 손나은이나 아이린이 황당한 고초를 겪은 것처럼 말이다.

사회적인 영향력이 큰 여성은 젠더 이슈에 관한 발언을 할 때마다 거센 반발에 휘말리곤 한다. 그럼에도 김연경 선수가 용기 있는 발언을 한 것은 후배 선수들과 여성 선수들의 처우가 개선됐으면 하는 간절한 바람 때문일 것이다. 이러한 노력이 지금보다 더 널리퍼져서 국내에도 성차별 없는 프로 리그가 등장하기를 기대한다.

여성들은 지금 변화를 원한다. 변화는 한 번에 크게 오기도 하지만 보통은 반 발짝 앞서며 이뤄진다. 우리는 반 발짝 앞서간 이를 영웅으로 기억하고 이들로부터 시작된 작은 변화가 세상이 변했음을 알리는 신호탄이 될 것이다.

금발, 비웃음… 미움받는 여자

「레깅스, 너 보라고 입은 게 아닙니다」는 내가 지금껏 쓴 모든 글 중에서 가장 반응이 뜨거웠다. 글이 당시 연재하던 플랫폼 〈오마이뉴스〉에 게시된 지 한 시간도 지나지 않아서 남성 독자가 '글을 똑바로 쓰라'는 요지의 항의 메일을 보냈다. 반면에 여성 독자들은 '악플에 상처받지 말라'는 응원의 글을 보냈다. 그때 알았다, 그 글이 뭔가를 건드렸음을.

나는 이 일로 남부럽지 않은 악플 세례를 받았고 잠깐이나마 '온라인에서 미움받은 사람' 중 하나가 됐다. 그런데 나중에 알고 보니 착오가 있었다. 나는 미움받은 사람이 아니라 미움받은 '여자'였다. 남성 필자는 페미니즘에 관한 글을 쓰더라도 그 행위를 공격받을지언정 신상을 공격받지는 않는다. 하지만 여성 필자에게 온라인상의 인신공격은 일상이나 다름없다. 아니, 여성이라면 어떤 주장을 하기에 앞서서 어느 정도의 인신공격을 각오해야 하는 게 현실이다.

내가 받은 항의도 하나 같이 정당한 비판이라기보다 공격과 위협에 가까웠다. 아무런 논리도 없이 '너의 이름을 기억해놨다'는 내용의 메일을 3일에 걸쳐 매일 한 통씩 보내는 의도가 위협이 아니면 무엇이겠는가?

청부 폭행에 휘말린 피겨여왕

세계 스포츠 역사를 봐도 사랑받은 여성 선수가 있는가 하면 미움받은 여성 선수가 있다. 내가 몇 시간 미움을 받는 데서 그쳤다면 여기, 이 여성들은 전 국가적으로 열렬하고도 집요하게 아마도 평생 동안 미움받았을 것이다. 그 주인공은 너무나 미국적인 인물로 미국 그 자체라고 평가받으며, 미국에 의해 사랑받고 미국에 의해 버려진 피겨 스케이터 토냐 하딩이다.

1994년은 인터넷이 없던 시절이라서 오직 텔레비전 뉴스를 통해서 스포츠 소식을 접할 수 있었다. 그해 1월 토냐 하딩과 낸시 캐리건이라는 이름은 당시 초등학생이던 나에게 강한 인상을 남겼다. 이들의 이름 뒤에 청부 폭행과 FBI 수사라는 단어들이 따라붙었는데 피겨 스케이

팅을 지구상에서 가장 아름다운 스포츠라고 생각하던 나로서는 충격이 아닐 수 없었다.

피겨와 청부 폭행이라니, 도무지 어울리지 않는 조합이다. 당시 언론은 이 자극적이고 호기심을 자아내기 좋은 사건을 앞다투어 파헤쳤는데 최종적으로 이 사건은 '라이벌에게 앙심을 품고 폭행을 사주한 악녀 토냐 하딩, 피겨계에서 영구 제명되다'로 종결됐다.

그로부터 20년이 더 흐른 2017년, 토냐 하딩의 생애와 그 유명한 스캔들은 영화화된다. 영화 〈아이, 토냐〉는 엄마의 학대와 남편의 폭력에 길들여져 잘못을 저지르고도 남을 탓하거나 회피할 줄만 아는 토냐 하딩의 유아적인 인격을 조명한다. 그와 함께 미국의 위선도 폭로한다.

미국 스포츠계는 토냐 하딩을 '피겨 하는 악녀'로 소비했다. FBI 수사까지 받은 그를 무혐의로 풀어준 다음 낸시 캐리건과의 라이벌전에 세웠다. 올림픽 무대를 악녀와 불쌍한 피해자 간의 빅매치로 홍보하며 두 사람을 흥행에 이용한 것이다.

한 가지 주목할 것은 청부 폭행 사건 이전에도 토냐 하딩은 피겨계에서 이질적인 존재였다는 점이다. 그는 미국

이 추구하는 여성상이나 심사위원들의 보수적인 심사 기준에 부합하지 못했다. 그러면서 오직 실력 하나만 출중했던 선수였다. 이렇게 대중의 미움을 받을 조건을 두루 갖춘 여성 선수는 추락하는 과정까지도 가십으로 소비됐고 오랜 세월이 흐른 지금도 악녀로 낙인찍힌 채 살고 있다.

이쯤에서 분명히 밝혀두지만 나는 토냐 하딩의 죄를 두둔하고 싶지 않다. 다만 나는 기억한다. 아내를 무참하게 살해했던 미식축구 선수 오제이 심슨과 성폭력과 폭력을 일삼았던 권투 선수 마이크 타이슨, 지금까지도 폭행으로 꾸준하게 구설에 오르는 농구 선수 데니스 로드맨, 폭행과 약물로 숱한 스캔들을 뿌린 축구 선수 마라도나가 연일 스포츠 뉴스를 장식했던 것을.

이들은 일반인, 그중에서도 주로 여성을 상대로 폭력을 휘두르고 살인까지도 저질렀다. 물론 이들 역시 죗값을 치르고 명예가 실추되긴 했다. 그러나 적어도 이들은 선수가 아닌 악인으로 박제되거나 오늘날까지 집요하게 미움받지는 않는다.

비현실적이었던 비난과 낙인

공교롭게도 한국 스포츠계 사상 가장 극렬하게 미움받은 여성 선수도 빙상 스포츠 종목에서 탄생했다. 지난 2018 평창 동계올림픽을 뜨겁게 달군 김보름 선수가 그 주인공이다. 2월 19일 여자 팀추월 준준결승이 치러졌던 날, 들끓었다고 표현할 수밖에 없는 그날의 분위기를 잊을 수 없다.

팀추월이라는 종목조차도 생소했던 나는 모든 일이 일어난 다음에야 사건의 경위를 알게 됐다. 그러는 동안 김보름 선수의 유명세와 비난의 강도가 동시에 수직 상승하던 것은 눈으로 직접 보면서도 믿을 수 없을 정도로 비현실적이었다. 그리고 그 유명한 '김보름, 박지우 선수의 자격 박탈과 빙상연맹 엄중 처벌'에 관한 국민청원이 시작된다. 결과는 모두가 알다시피 61만 명이 넘는 사람들이 청원에 동의했다.

시사 프로그램 〈그것이 알고 싶다〉에서 팀추월 사건과 빙상 연맹의 파벌 문제를 파헤친 것이 같은 해 4월. 그제야 빙상 연맹의 마피아라 불리던 전명규 라인의 실체가 드러났다. 그러나 이는 김보름 선수가 전면에 서서 온 국민의 들끓는 분노와 비난을 한 달이 넘도록 받아내며 갖은 고초를 치른 다음에야 이뤄진 일이다. 연맹의 고질적인 병폐로 인해서 벌어진 일로 선수 개인이 과도하게 스포트라이트를 받으며 모욕당한 것은 간과할 수 없는 사실이다.

실제로 김보름 선수를 후원하던 의류 브랜드는 즉각 '계약 연장 계획이 없다'고 밝혔다. 그리고 2월 24일, 김보름은 매스스타트에서 은메달을 획득하고도 죄송하다며 엎드려 울어야 했다.

이후에도 한번 악녀로 낙인찍힌 선수에 대한 괴롭힘은 끝나지 않았다. '김보름 선수의 은메달을 박탈해달라', '김보름에게는 포상금을 지급하지 말아 달라'는 청원이 다시 등장했다. 알려진 바에 의하면 김보름 선수는 그 사건이 있고 정신과 치료를 받았다고 한다.

이제 와서 그해 2월을 떠올려 보면 이 사건과 관련해서 대중의 뇌리에 가장 강하게 남은 것은 김보름 선수의 인터뷰 장면이다. 실망스러운 경기를 노선영 선수의 부진 탓으로 돌리는 듯한 그의 발언은 노 선수에게 모든 책임을 전가하려는 비겁한 의도가 없지 않았다.

하지만 해당 발언에 탈색한 금발과 조금은 불량스럽게 비웃는 듯한 표정이 보태져 인성 논란이라는 이름의 심판대가 세워졌다는 의구심을 지울 수 없다. 그런 점에서 김보름에게서 토냐 하딩과의 닮은 점을 찾을 수 있다. 두 사람은 겸손한 자세로 운동만 하는 선수의 이미지와는 거리가 멀다. 그럼에도 실력 하나는 출중해서 미움을 사기에 좋았던 것이다.

끝으로 이 사건과는 별개로 언론에 알려지기도 했으나 아무런 주목을 받지 못한 사건에 대해서 이야기할까 한다. 올림픽 최초로 성폭력 상담센터를 운영했던 평창동계 올림픽과 패럴림픽이 끝날 때까지 성폭력 센터에 접수된 사건은 총 36건이었다.

또 전현직 국가대표 수영선수들이 체고와 선수촌의 여자 탈의실에 카메라를 설치, 여성 선수들을 불법 촬영한 혐의로 기소됐으나 증거 불충분으로 무죄 판결을 받았다. 하지만 이를 문제 삼거나 가해자들을 엄벌해달라는 청원은 한 건도 없었고 심지어 우리는 가해자가 누구인지도 모른다.

어떤 유명인이 잘못을 저질렀을 때 죄의 경중과는 상

관없이 여성이 남성보다 더 가혹하게 비난받고 가십으로 소비되는 현상은 스포츠계에도 존재한다. 아니, 스포츠야말로 이러한 일이 빈번하고 극명하게 일어나는 분야다.

"미국은 사랑할 사람을 필요로 해. 그리고 미워할 사람도 필요로 하지."

영화 〈아이, 토냐〉의 명대사가 지금도 기억에 남는다.

주먹대장, 34초 만에 세상을 홀리다

단 34초 만에 누군가에게 잊을 수 없는 순간을 선사하는 게 가능할까? 나는 그 어려운 일을 해낸 유능한 여성을 알고 있다. 때는 2015년 8월 2일이었고 모든 일이 34초 만에 이뤄지고 끝이 났다. 그의 움직임 하나하나에 눈을 뗄 수 없었다. 엄청난 환호와 함성은 끊이지 않았다.

이토록 화려한 순간의 주인공은 론다 로우지. 베티 코헤이아를 상대로 치른 6차 타이틀 방어전의 결과는 1회 KO승이었다. '시끄러운', '소란스러운'이란 뜻의 단어이자 그의 별명이기도 한 '로우디(Rowdy)'에 걸맞은 승부였다.

론다 로우지가 출전하는 경기의 구경거리는 케이지 밖에서부터 시작된다. 경기장 안으로 들어서는 로우지는 두 눈을 과장되게 부릅뜨고 주체할 수 없는 분노 때문에 약간 휘청거린다. 그날 그는 평소보다 더 분노한 것 같았다. 분노를 질료로 인간의 형상으로 빚어내면 그게 바로 론다 로우지일 것이라는 생각이 들 정도였다. 분노의 록스타, 넘치는 테스토스테론!

조금은 코믹하기도 한 이 의식에는 이기고 말겠다는 자기 암시와 적을 향한 메시지가 담겨 있다. 이는 그가 열한 살 때부터 올림픽 유도 금메달리스트를 꿈꾸며 훈련하는 과정에서 익힌 습관이기도 하다. 세계 유도 선수권대회의 챔피언인 로우지의 어머니는 그가 아주 어릴 때부터 경기 전에 잡담하거나 장난을 치지 말고 '이길 생각부터 하라'고 가르쳤다.

케이지 안에 들어서면 그는 더욱 분노한다. 론다 로우지는 경기가 시작되기 직전, 심판의 사인을 기다리는 그 짧은 순간을 도저히 참을 수 없다고 고백했다. 경기가 시작되고 론다 로우지는 힘과 용기를 앞세워 무섭게 달려든다. 로우지가 휘두른 주먹을 피하지 못하고 얼굴을 집중적으로 가격당한 베티 코헤이아가 앞으로 고꾸라졌다. 이 장면은 로우지의 파괴력을 널리 알리기에 충분했고 지금까지도 거듭 회자된다.

그리고 다음 순간, 나는 똑똑히 보았다. 무자비한 챔피언이 이미 나가떨어진 상대를 한 대만 더, 정말이지 한 대만 더 내려치고 싶어서 견디지 못하는 것을. 그는 심판의 사인을 보고 승리를 확인한 다음에야 겨우 멈췄고 마우

스피스를 뱉으며 악당처럼 웃었다.

분노하는 여성이 반가웠던 이유

론다 로우지가 등장하기 전까지 나는 이른바 '세기의 대결'이라 불리는 경기를 지켜봤지만 도저히 이입하고 응원할 대상을 찾을 수 없었다. 경기장의 여성들은 모두 들러리에 불과했다. 싸움의 전리품이라도 되는 듯 몸을 전시하는 라운드걸과 차려입은 채로 남자친구와 나란히 앉아 있는 셀럽을 보면서 알 수 없는 굴욕을 느꼈다. '격투기 영웅은 여자의 얼굴을 하지 않는다'고 낙담할 즈음에 론다 로우지가 등장했다.

나에게 론다 로우지는 '처음의 다관왕'이다. 그와 관련된 모든 것이 처음이었다. 우선 그는 여성 UFC의 포문을 연 장본인이자 케이지를 지배하는 주인공이었다. UFC에서 여성부 경기를 볼 일은 없을 것이라고 딱 잘랐던 UFC 대표 데이나 화이트는 오로지 론다 로우지의 스타성을 믿고 여성부를 창설했다.

로우지는 수많은 팬을 끌어모으며 여성 UFC의 상징

이 됐고 그를 필두로 여성 선수들의 기량이 전반적으로 향상됐다. 이러한 공로는 여성 선수에게도 남성 선수와 동일한 상금을 지급하라고 투쟁하며 성 대결까지 불사했던 테니스 천재 빌리 진 킹의 그것과 견줄 만하다.

이런 뒷배경을 모르더라도 론다 로우지의 격투 스타일은 지켜보는 사람의 마음을 끌어당기는 구석이 있다. 한마디로 그렇게 싸우는 여성은 처음이었다. 특히 그가 힘을 내세우는 선수라는 점, 육중한 근육질 체형을 갖춘 점이 좋았다. 마치 이제 막 태어난 새끼오리에게 각인된 어미의 모습처럼 이 타고난 싸움꾼의 강렬한 이미지는 지워지지 않았다.

결정적으로 론다 로우지처럼 분노하는 여성은 처음이었다. 가부장제 사회에서 분노는 남성의 전유물이다. 남성이 감정을 드러내도 좋을 때는 오직 분노했을 때뿐이다. 반대로 여성이 감정을 드러내는 데 있어서 관대하기 이를 데 없는 가부장제가 절대로 허락하지 않는 감정이 바로 분노다.

물론 여성들도 분노하긴 한다. 하지만 그 분노가 자신을 향하거나 뒤에서 저주를 내리는 등, 굴절된 방식으로 표출되기 쉽다. 억압으로 인해서 있는 그대로의 분노를 드러내지 못하는 것이다. 핼러윈데이에 론다 로우지 분장을 했던 미국의 소녀들이 선망한 것은 '분노할 줄 아는 여성의 아이콘'일 것이다.

그런데 론다 로우지로 인해서 시작된 이 낯선 변화가 남성들에게는 거의 반사적인 거부반응을 일으켰나 보다. 로우지는 많은 사람들의 미움을 샀지만 특히 남성들에게 열렬히 미움을 받곤 했다.

실제로 남성들이 있는 자리에서 론다 로우지를 화제로 삼으면 다양한 유형의 맨스플레인을 접할 수 있다. 개중에서 로우지가 제아무리 날고 기어도 남자를 이길 수 없다는 의견이 가장 지배적이다.

내가 다니던 체육관의 남자 고등학생 하나는 복싱을 취미로 잠깐 해본 게 고작이면서도 자신이 론다 로우지를 이길 수 있다고 당당하게 말했다. 그런데 그나마 이 정도가 가장 우호적인 맨스플레인에 속하며 나머지는 처참한 수준이다.

실력은 부풀려졌고 인성은 형편없다는 평가와 함께 여성이라는 이유로 외모 비하도 빠지지 않는다. 계속 승

승장구할 것 같던 로우지가 부진에 빠지고 연거푸 재기에
실패하면서 그를 향한 조롱과 야유가 더욱 거세졌다. 홀리
홈과 아만다 누네스에게 두들겨 맞던 게 너무 고소했다는
소감을 거듭 강조하면서.

여자 악당, 로우디(Rowdy)를 응원한다

사실 처음 등장했을 때부터 악당을 자처한 사람은 다
름 아닌 론다 로우지 본인이다. 작정하고 미움을 사려는
것처럼 행동한 데에는 흥행을 위한 노림수가 숨어 있었
을 것이다.

빼어난 실력, 돌발 행동과 발언, 논란과 유명세를 즐
기는 태도, 거만함과 당돌함을 내세운 스타는 로우지 이전
에도 드물지 않았다. 차이점이 있다면 로우지가 나이 어린
여성이라는 점, 그리고 하필이면 격투기로 너무 크게 성공
했다는 점이 아닐까?

론다 로우지는 한때 그를 미워하던 이들이 바라던 대
로 추락했다. 출전은커녕 훈련도 하지 않고 있으며 그를
발굴한 데이나 화이트마저 UFC 은퇴를 종용했다. 누구보

다 그의 재기를 바라는 나조차도 적어도 UFC에서는 과거의 영광을 되찾기 어려울 것이라고 생각했다. 그런데 그의 인생 역정을 따라가 보면 그는 변화에 능숙한 사람이다.

로우지는 자신이 유도에 심취했던 시기를 사랑에 비유했다. 십 대 시절을 모두 바쳐 베이징 올림픽에서는 동메달을 목에 걸었으나 그는 돌연 유도를 그만뒀다. 유도를 하는 것이 더이상 행복하지 않다는 게 이유였다. 그리고 곧바로 MMA에 뛰어들었다.

이러한 전적대로 로우지는 2018년 1월의 어느 날 WWE(세계 레슬링 연맹) 선수로 대중 앞에 섰다. 어린 시절의 우상이었던 전설적인 레슬러 로디 파이퍼의 티셔츠를 입고서. UFC의 포식자에서 레슬러 로우디로 전향하며 또 한 번 세상을 놀라게 한 것이다. 그는 또 배우로서 커리어를 쌓고 싶다고 여러 차례 밝혔던 대로 영화와 드라마에 꾸준히 출연하고 있다.

"나는 꿈을 꿀 자격이 있다. 자칫 허황해 보여도 큰 꿈을 꿀 수 없다면 꿈이란 게 대체 존재하는 이유가 뭔가?"

론다 로우지가 쓴 자서전에 의하면 그는 꿈이 이뤄진 순간에도 새로운 꿈을 꾸는 사람이다. 지치지 않고 꿈을 꾸고 있는 힘껏 노력할 줄 아는 이 강인한 여성의 행보를 지켜보고 싶다.

올림픽이 끝나도 안경선배는 남았다

올림픽이 최고의 구경거리였던 시절이 있었다. 유튜브도 넥플릭스도 없었기에 가능한 일이었다. 당시 초등학생이던 나에게는 올림픽 스크랩북을 만들라는 숙제가 주어졌다. 숙제를 잘하겠다는 핑계로 개회식부터 거의 매일, 엄청나게 집중해서 텔레비전을 봤다. 그래서일까, 1992년 바르셀로나 올림픽 성화의 마지막 주자가 활을 쏘고 성화대가 크게 타오르던 장면이 뇌 어딘가에 단단히 박힌 것 같다. 그 뒤로도 수많은 개회식을 봤지만 그 장면만 유독 생생한 걸 보면 말이다.

그렇게 개회식이 열리면 약 2주간 집집마다 비슷한 풍경이 연출된다. 작은 텔레비전을 두고 식구들이 전부 모인다. 중계 현장에서 캐스터와 해설가가 숨 가쁘게 말을 이어간다. 안방에서는 어른들이 훈수를 두느라 바쁘다. '예쁘다, 못생겼다, 날씬하다, 선수하기엔 살이 너무 쪘다, 역시 백인은 타고난 게 다르다. 잘하는데 흑인이라서 무섭다' 등등. 평화와 평등의 정신을 무시한 채 성차별적이고 인종차별적인 표현이 난무하는, 승부보다 더 치열한 품평회가 열린다.

그런 어른들 틈에서 올림픽을 즐겼다. 정확히 말하면 가볍고 팔랑거리고 인형처럼 예쁜 선수들, 살아 움직이는 '올림픽 바비'들을 선망했다. 왜냐하면 그들은 경기장에서 돋보일 뿐만 아니라 '각국의 미녀 선수'라는 타이틀의 기사로 신문에 오르내렸고 안방 품평회에서도 후한 점수를 받았기 때문이다.

'바비'로 호명되는 이들은 대체로 기술보다 예술성, 힘보다 유연성을 내세우는 종목, 혹은 노출이 많은 유니폼을 의무적으로 입는 종목에 출전하는 선수들이었다. 체조와 싱크로나이즈드, 비치 발리볼과 피겨 경기를 열심히 시청하면 어김없이 이런 여성들이 나타났다.

평등·평화와 거리가 멀었던 올림픽

그러나 순진했던 시절을 벗어나면서 올림픽이 화합과 상생, 평등과 평화라는 올림픽 정신에 부합하지 못하는 이벤트라는 사실을 알게 됐다. 아니, 올림픽만큼 노골적인 파워 게임도 없었다. 선수들의 약물 문제가 거론됐고 IOC가 부정부패 의혹에 휩싸였다는 기사를 읽었다. 대회 안팎에서 드러나는 성차별적인 특성도 무시할 수 없다.

'올림픽의 꽃'이라고 불리고 주로 여성 선수들이 활약했던 종목, 앞서 말한 올림픽 바비들이 활약하는 종목을 둘러싼 논란은 여전히 진행 중이다. 특히 체조의 경우 너무 어린 선수들을 데려다가 혹사시킨다는 지적이 끊이지 않는다. 중력을 거스르는 움직임이 많은 종목의 특성상 체구가 작고 가벼운 사춘기 이전의 소녀들이 유리하기 때문이다.

1992년 스페인 올림픽에서 1위와 2위를 기록한 두 선수의 스펙에 평균을 내보면 나이 15세, 키 137센티 몸무게는 31.5킬로그램가량이었다고 한다. 가혹한 훈련과 다이어트가 어린 소녀들의 근육과 골격 발달에 악영향을 미친다는 주장이 힘을 얻은 다음에야 연령 제한 규정이 생겼다. 1981년에는 만 15세 미만, 1997년에는 만 16세 미만의 여성들이 대회에 참가할 수 없도록 했다. 그러자 선수들 사이에서 나이 속이기가 횡행했다.

동계 올림픽 최고의 인기 종목인 피겨 스케이팅 또한

무리한 체중 감량 때문에 논란이 되고 있다. 점프가 중요한 기술로 꼽히는 이 종목도 체중이 가벼울수록 기술적이고 우아한 연기를 소화할 수 있다는 게 정설이다. 그로 인해서 수많은 선수가 섭식장애와 우울증에 시달린다. 운동에 있어서 프로페셔널한 여성들이 보통의 여성들과 마찬가지로 아니, 그보다 훨씬 더 혹독하게 나이와 체중의 억압 속에서 훈련을 한다는 것은 놀라운 일이 아닐 수 없다.

이 외에도 오직 여성 선수들만이 출전하는 종목이 따로 있다. 체조 가운데 리듬체조가 그렇고 싱크로나이즈드 또한 여성부 경기만 치러진다. 마치 물속에서 무용을 하는 것 같은 싱크로나이즈드는 최근에 와서야 남성 선수들도 참가하고 있다. 하지만 올림픽에서는 남성부 경기가 열리지 않는다.

반대로 여성 선수가 배제됐던 종목도 있는데 바로 레슬링과 권투다. 여자 레슬링은 2004년부터, 여자 권투는 2012년에서야 정식종목으로 채택됐다. 총 3개의 금메달이 달려있는 동계 올림픽의 노르딕 복합도 남성 선수만 출전하는 종목이며 스키점프 역시 2010년까지는 남성만의 종목이었다. 이렇게 성별에 따라서 참가가 제한되는 종목이 존재한다는 사실만 봐도 올림픽의 성차별적인 면모가 드러난다.

　사실 올림픽은 기원부터가 대단히 성차별적이고 인종 차별적인 이벤트다. 고대 올림픽에서 여성은 참가는 물론 관전조차 허락되지 않았고 그리스인을 제외한 외국인 역시 참가할 수 없었다. 오직 그리스인 남성에게만 참가 자격이 주어졌다.

　그래서인지 대회 진행에 필요한 의전에 있어서도 성차별적인 요소가 자주 목격된다. 의전에는 미소로 분위기를 온화하게 만들고 적당히 아름다워서 시선을 끄는 도우미들이 빠지지 않는다. 심지어 2008년 베이징 올림픽에서는 시상식을 진행할 도우미를 선발하면서 '문신이 없어야 한다', '귀걸이를 하지 말아야 한다', '엉덩이가 날씬해야 한다'는 항목을 명시해서 비난을 샀다. 이러한 논란이 있고 2012 런던 올림픽에서는 여성 도우미 대신에 남성 도우미가 최초로 등장하기도 했다.

　응원 또한 의전과 같이 여성이 도맡아야 하는 영역으로 통한다. 남한 언론은 올림픽이 시작되기 전부터 여성으로 꾸려진 북한 응원단에 비상한 관심을 보였다. 급기야 언론의 보도 행태가 도마 위에 올랐다. 취재를 명목으로 화장실 안으로 따라 들어가거나 불법으로 숙소 내부를 촬영한 것은 대회의 오점으로 남기에 충분했다.

그럼에도 올림픽을 보는 이유

아이러니하지만 그럼에도 2018 평창 올림픽은 유달리 멋진 여성 선수들이 약진했던 무대로 기억될 것이다. 그만큼 인상적인 여성 선수들이 많았다. 앞선 경기에서 실격당한 동료를 위로하며 계주에서 우승한 쇼트트랙 선수들, 국적과 성적을 뛰어넘은 우정을 보여준 이상화 선수와 고다이라 선수, 아이스하키 단일팀 감독을 맡고 첫 득점에 성공한 뒤 인터뷰에서 눈물을 흘렸던 새라 머레이 감독, 개회식에서 다시 한번 아름다운 연기를 보여준 김연아 선수까지.

개중에서 가장 돋보인 선수들은 열악한 환경 속에서 도전을 멈추지 않았던 여성 컬링팀 '팀 킴'이다. 이들의 등장은 좋은 의미로 충격적인데, 왜냐하면 이들이야말로 한 번도 본 적 없는 새로운 유형의 여성 선수들이기 때문이다. 지금까지 여성 선수들은 경이로운 기교를 보여주거나 강인한 체력과 운동성을 추구하거나 하는, 두 가지 부류 중 하나로만 존재했다.

그런데 팀 킴은 둘 중 어디에도 속하지 않는다. 이들은 평범해 보이지만 비범하고 정적인 것 같지만 배짱 있고 속내를 알 수 없는데 열정적이다. 결정적으로 이들은 서로를 믿고 이기고자 하는 갈망으로 똘똘 뭉쳤다. 그토록 많은 이들이 팀 킴에 열광한 이유는 은정, 영미 같은 누군가의 친구, 언니, 동생일 법한 평범한 이름을 가진, '20대 여성들이 만든 기적'이 너무나 신선했기 때문이다.

그리고 우리는 컬링이라는 낯선 종목의 진가를 발견했다. 화려하지 않지만 정교하고 몸싸움 없이도 (그래서 김은정 선수는 안경을 낄 수 있었다) 긴장과 재미가 넘치는 운동이 있음을 이제야 안 것이다. 팬들은 팀 킴이 출전한 총 27번의 경기를 마음껏 즐겼고 올림픽이 끝나면 컬링 경기를 볼 수 없음에 아쉬워했다.

무수한 비판이 따르고 인기가 예전만 못할지라도 올림픽은 당분간 계속될 것이다. 이 거대한 이벤트가 한 번 열릴 때마다 세계 인구의 약 70%, 대략 47억 명이 적어도

한 경기는 보게 된다고 한다. 그때마다 수많은 여자아이들이 꿈을 키울 텐데 그 꿈이 고작 한두 가지로 한정될 필요는 없다.

여성 선수들의 영향력은 그들이 생각하는 것보다 훨씬 크다. 그들은 스포츠의 역사를 새로 쓰고 누군가가 꾸는 꿈의 본보기가 될 것이다.

| 참고도서 |

『올 어바웃 올림픽 데이비드 골드블랫』 조니 액턴 지음 / 문은실 옮김(다산북스)

광화문에서 지소연을 외치자

2018년 아시안게임 여자축구 4강전이 열리던 8월 27일 오후, 팔렘방의 스타디움에도 서울에도 비가 내렸다. 선수들이 입장하던 무렵부터 중계를 지켜보던 나는, 결승 진출에 대한 기대를 잔뜩 품고 있었음에도 한편으로는 지루한 저녁을 보내게 될까 봐 걱정스러웠다. 응원의 동반자인 치킨과 맥주도 없고 함께 할 친구도 없었고 언론은 종일 남자축구팀의 4강 진출에 대해서만 떠들었기 때문이다. 마치 아트필름이라는 거창한 이름이 붙은, 유명 영화제의 상이란 상은 전부 휩쓸었으나 관객 수는 너무 미미한 영화를 보려고 썰렁한 소극장에 혼자 입장하는 기분이었다.

그러나 대중의 관심이 부족했을 뿐 그날의 경기는 가히 역사적이라고 할 만한 빅매치였다. 한국 여자축구의 황금세대라고 불리는 지소연, 전가을이 팀을 이끌고 신예 이민아와 한채린이 가세한 라인업을 앞세워 사상 첫 결승 진출에 도전하는 자리였다. 게다가 상대는 피파랭킹 6

위로 한국보다 한 수 위라고 평가받는 일본. 아직 아무것도 시작되지 않았지만 내 예감은 뭔가 대단한 일이 일어날 것 같았다.

사실 한국의 여자축구대표팀이 대단한 일을 저지르고 다닌 것은 어제오늘 일이 아니다. 시작은 2015년 캐나다 월드컵이었다. 대표팀은 12년 만에 출전한 두 번째 월드컵에서 첫 16강 진출에 성공했다.

일등 공신은 지소연 선수다. 한국 여자축구의 간판스타로 꼽히는 지소연 선수는 15세 때 출전한 2006년 아시안게임 대만전에서 두 골을 넣으며 A매치에서 골을 넣은 최연소 선수로 이름을 알렸다. 이후 2010년 FIFA U-20 여자 월드컵에서는 해트트릭을, 캐나다 월드컵에서는 한국 여성 최초로 월드컵 경기 MVP에 올랐다.

해외 리그에서의 활약도 눈부셨다. 지 선수는 2014년 영국 첼시 레이디스에 입단했다. 이듬해 첼시 레이디스는 첫 FA컵 우승과 유럽 챔피언스 리그 첫 출전에 성공했고 지 선수는 잉글랜드 여자축구 리그의 '올해의 선수'로 선정됐다.

대표팀에는 스타 지소연 외에도 일본 여자축구리그

와 국내 실업 리그인 WK에서 맹활약 중인 선수들이 곳곳에 포진하고 있었다. 결승 진출을 노려보기에 충분한 전력이었다.

하지만 아쉽게도 경기가 시작되고 4분여 만에 일본 팀이 선제골을 가져갔다. 얄밉도록 정확하고 흠잡을 데 없는 골이었다. 한 골 뒤지는 상황에서도 한국 대표팀은 특유의 압박을 늦추지 않았다. 덕분에 일본은 특유의 티키타카를 제대로 살리지 못한 채 전반이 끝났다.

후반전에 이민아 선수가 회심의 만회 골을 기록하자 기세가 한국 쪽으로 기울었다. 나는 8월 31일에 있을 결승전을 상상하기 시작했다. '한국 대표팀, 만리장성 넘는다'는 기사의 헤드라인이 떠올랐고 결승 골을 넣은 지소연 선수의 골세레머니, 시상식에서 금메달을 목에 걸고 활짝 웃는 선수들의 얼굴이 눈에 선했다.

낯설고 짜릿한 일체감, 몰입감

그러나 경기는 나의 바람과 다르게 가장 비극적인 시나리오의 결말대로 흘러갔다. 일본 선수가 찬 공을 걷어

낼 의도로 헤딩을 시도한 임선주 선수, 그의 머리에 맞은 공이 그대로 골로 연결된 것이다. 대표팀은 마지막까지 총공세를 퍼부었지만 경기는 그대로 종료됐다.

임선주 선수가 그라운드에 쓰러져서 울었고 밤하늘에선 거센 빗발이 쏟아졌다. 임 선수는 이날의 실책으로 악성 댓글에 시달렸고 3·4위전에도 출장하지 못했다. 답답한 노릇이다. 팀에서 한 선수가 공을 세우면 누군가는 실수를 한다. 팀은 하나의 유기체이며 어떤 유기체도 완벽할 순 없다. 다만 조금 더 훈련이 잘되었거나 운이 좋은 팀이 있을 뿐이다.

게다가 더할 나위 없이 근사한 경기였다. 90분 내내 지루한 평일 저녁 같은 것은 잊어버렸다. 그날, 그 시간 나는 어떤 축구경기에서도 경험하지 못했던 일체감과 몰입감을 맛봤다. 90분 내내 긴장하고 기뻐하고 탄식하며 그들의 승리가 곧 나의 승리이고 그들의 패배가 나의 패배임을 의심하지 않았다. 안타까운 것은 오직 하나, 결과뿐이었다.

대표팀은 이후 31일 대만과의 경기에서 4-0으로 승리하면서 대회 3회 연속 동메달을 획득했다. 이번 대회로 한

국 여자축구의 성장세가 엄청나다는 사실이 또 한 번 입증
된 셈이다. 본선 진출 두 번 만에 16강 진출 성공이라는 업
적은 변변한 프로 리그도 없는 국내 여자축구의 열악한 환
경 속에서 이뤄낸 기적이다.

그러나 지금의 여자축구는 실력에 걸맞은 대중적인
인기나 합당한 인정을 받지 못하고 있다. 되레 일부 안티
팬에 의해서 무관심보다 못한 조롱과 야유의 대상이 되고
있다. 유튜브에서 우연히 보게 된 여자 대표팀과 남자 고
교팀의 연습 경기 영상 아래에는 '몸싸움을 했다가는 미투
로 고발당하기 때문에 고교 선수들이 대표팀을 봐줬다'는
식의 댓글이 넘쳐난다. 이곳에 옮길 수도 없을 성적인 모
욕까지 난무한다.

지메시? 캡틴 지소연!

그것은 여자축구 팀의 실력이나 경기 수준을 평가하
는 정당한 비판이 아니다. 감히 남자의 전유물인 공놀이
를 넘본 여자들이 너무 괘씸해서 어떻게든 모욕하고 말겠
다는 의도가 뻔히 드러난 비아냥에 불과하다.

한편으로는 여성 선수의 실력을 인정하더라도 그 양상이 남성 선수를 인정하는 방식과 다르게 나타난다. 준결승전 시작을 앞두고 중계를 맡은 캐스터는 '지메시'와 '전컴'이라는 선수들의 별명을 언급했다. 알려진 대로 지메시는 지소연 선수를 리오넬 메시에, 전컴은 전가을 선수를 데이비드 베컴에 빗대서 지은 것이다. 누가 처음 지었는지 알 수 없는 이 별명은 지소연 선수의 본명만큼이나 널리 쓰인다. 언뜻 들으면 찬사인 듯하나 한편으로는 이들이 왜 자신의 이름이 아닌, 심지어 같은 성별의 여성 선수도 아닌, 남성 선수의 이름으로 불려야 하는지 의문이다.

마치 여자 메시, 여자 베컴으로 불리는 것이 대단한 영광이라도 되는 것처럼. 심지어 외모 때문에 화제에 오른 이민아 선수의 별명은 '미녀 축구선수'도 아닌 '얼짱'이다. 이들이 캡틴이나 독수리 같은 별명으로 불리지 못하는 이유가 뭘까? 이러한 풍조와 결승 진출 불발을 비웃는 악성 댓글, 명색이 준결승전인데도 민망할 정도로 비어 있던 관중석은 우리나라 여성 스포츠의 현주소를 말해주는 것 같다.

그럼에도 여전히 궁금하다. 광화문 도로가 통제되고

대형 스크린으로 여성 선수들의 활약을 지켜보면서 대한
민국을 외치는 날이 올지, 그날이 언제일지가. 광화문 통
제는 어려워도 작게나마 우리만의 응원전을 시작할 수 있
지 않을까? 다음 여자 월드컵은 2019년에 열리고 개최국
은 프랑스다. 벌써부터 선수들이 가져올 승전보와 어쩌면
정말 이뤄질지도 모를 거리 응원이 기대된다.

일인칭 운동하는

여자 시점

심석희 선수와 4년의 침묵

　기해년 새해가 밝았다. 한국 스포츠계는 역사상 가장 어둡고 가슴 아픈 일로 기록될 사건과 함께 새로운 시작을 맞았다. 사건의 중심에는 2018년 평창 동계올림픽에서 쇼트트랙 2관왕에 오른 심석희 선수와 심 선수를 직접 발굴하고 국가대표로 키운 조재범 전 코치가 있다.

　심석희 선수의 고발에 따르면, 조 전 코치는 2014년 심석희 선수가 고등학교 2학년 때인 만 17살부터 강제 추행과 성폭행을 일삼았다고 한다. 무자비한 폭력과 성폭력은 평창 동계올림픽이 열리기 두 달 전까지도 계속됐다. 여기에 심 선수 외에도 빙상계 내 성폭력 피해자가 대여섯 명이 더 있다는 증언이 이어졌다. 이는 가해자가 자신의 우월한 지위와 위계, 나이를 악용해서 저지른 악질적인 성범죄라는 점에서 충격이 아닐 수 없다.

　하지만 유감스럽게도 스포츠계의 성폭력 문제는 어제 오늘의 일이 아니다. 지난 2007년에도 스포츠계의 성폭력 문제가 수면 위로 드러나면서 충격을 주었다. 우리은행 여자 농구팀의 박명수 전 감독이 소속 선수들에게 성폭력을 일삼은 것을 발단으로 곳곳에서 폭로가 이어졌다.

이때 널리 알려진 것이 '우리 애들이 있는데 왜 룸살롱에 가느냐'는 막말과 '선수는 종이며 성관계는 선수 장악을 위한 주된 방법'이라는, 범죄자의 그것과 다를 바 없는 남성 지도자들의 가치관이다. 당시에도 비난 여론이 만만치 않았으나 정부와 대한체육회는 별다른 해결책을 내놓지 못했고 사건은 흐지부지 잊히고 말았다.

그리고 십여 년이 지난 지금, 또다시 성폭력 문제가 불거졌다. 그것도 올림픽 무대에서 세계 정상에 오른 선수를 통해서. 흔히 한국 사회 곳곳에, 전 분야에 걸쳐서 성폭력이 없는 곳이 없다고 한다. 하지만 이 사건으로 인해서 스포츠계가 유독 성폭력이 빈번하며 그 정도가 심각하다는 사실이 다시 한번 극명하게 드러난 셈이다.

그렇다면 스포츠계의 성폭력 문제가 끊이지 않고 반복되는 이유가 뭘까? 가장 근본적인 이유는, 스포츠가 남성적인 지배 논리가 굳건하게 작용하는 분야라는 데 있다. 이는 성폭력을 우리보다 엄중하게 처벌하는 국가에서도 스포츠계의 성폭력 문제가 끊이지 않고 발생한다는 사실만 봐도 알 수 있다.

침묵할 수밖에 없던 그들의 사정

일례로 미국 미시간대 체조팀과 미국 체조대표팀 주치의를 지낸 나사르는 30년 가까운 기간 300명이 넘는 여성 선수들을 성추행, 성폭행한 혐의로 기소돼 360년형을 받고 수감 중이다. 또 영국의 명문 축구구단 첼시 소속의 공격수 게리 존슨도 지난 2016년, 유소년 선수 시절에 스카우터에게 성추행을 당했다고 폭로했다.

이렇게 남성 중심적인 문화가 지배적인 스포츠계에서는 선수를 키운다는 명목 아래 폭력을 묵인하고 지도자가 절대적인 권력을 갖는 식의 관행이 일반적이다. 어린 선수들은 운동 외에 다른 분야를 공부하거나 경험할 수 없고 합숙과 전지훈련이 빈번한 폐쇄적인 환경에서 지도자의 일방적인 가르침을 받들어야 한다. 여기에 여성 지도자가 진입하기 어려운 분위기 때문에 지도자의 대부분은 남성이다.

이렇게 남성적인 지배 논리가 공고한 분야에서 수많

은 여성 선수들이 성폭력을 당하는 것은 결코 우연이 아니다. 그보다는 고질적으로 반복, 재생산되는 뿌리 깊은 병폐라고 봐야 할 것이다.

결론은 성폭력에 취약한 분야는 그 분야에 적용될 수 있는 특수한 해결책과 재발 방지를 위한 예방책이 필요하다는 것이다. 지금 제도적인 기반을 마련하지 못하면 십 년, 이십 년 후에도 여성 선수의 안전은 요원한 일이 된다.

덧붙여서 성폭력 피해자에게 가해지는 우리 사회의 폭력에 관해서도 이야기하고 싶다. 최초로 이 사건을 전해 들었을 때 가장 먼저, 심 선수가 침묵해야 했던 4년의 세월과 그 지난한 고통을 헤아리지 않을 수 없었다. 가족에게도 알리지 못하며 침묵했던 시간은 나에게까지 아프게 와닿았다.

심 선수는 그 극심한 고통에 맞서서 세계 정상이라는 성적을 냈고 그런 다음에야 침묵을 깨고 목소리를 낼 수 있었다. 그는 알고 있었을 것이다. 신뢰할 만한 피해자가 되기 위해서, 이른바 꽃뱀을 골라내는 여론재판을 통과하기 위해서는 그에 걸맞은 자격이 필요하다는 것을.

진짜와 가짜를 나누지 말라

여성이라면 누구나 이 악랄한 부조리를 알고 있다. 그래서 지금도 정상을 꿈꾸는 어린 선수들과 무명의 아마추어, 비인기 종목에서 묵묵하게 훈련 중인 숱한 여성들이 꽃뱀으로 몰릴까 두려워서, 혹은 선수 생활을 중단하게 될까 봐 침묵하고 있는지도 모른다.

실제로 전문가들도 '스포츠계는 종목마다 학연, 지연으로 촘촘하게 얽힌 탓에 실형을 받은 가해자가 지도자로 복귀하는 경우도 적지 않다'고 말한다. 또 다수의 성폭력 피해자가 존재하지만, 이들을 지지하고 연대하려는 동료가 없기 때문에 연쇄적인 고발이 행해지기 어렵다.

결국 어떤 사실을 말하고 타인의 공감과 신뢰를 얻는 것은 그 자체로 권력이다. 반면에 강요된 침묵은 억압이고 사회적인 죽음이다. 그래서 작가이자 역사학자인 리베카 솔닛은 『여자들은 자꾸 같은 질문을 받는다(The mother of all questions)』에서 여성이 강요받는 침묵에 관해서 이렇게 서술했다.

"침묵은 지난 수십 년 동안 포식자들이 구속받지 않은 채로 제멋대로 날뛰도록 허락해주었다. 그들은 피해자를 물리치기 위해서 피해자를 목소리 없는 사람으로 만들었고, 피해자가 못 믿을 말을 늘어놓는다는 누명을 씌웠다. 못 믿을 말이라는 건 힘을 가진 자들이 그 말을 알고 싶지도 듣고 싶지도 믿고 싶지도 않는다는 뜻, 피해자가 목소리를 갖는 걸 바라지 않는다는 뜻이었다."

만약 이 사회가 성폭력 피해자의 목소리에 귀 기울여왔다면, 피해자가 고발을 포기하고 침묵하도록 강요하지 않았다면 열일곱 살의 어린 여성이 스무 살이 되도록 침묵하지만은 않았을 것이다.

오랜 공포와 두려움을 떨치고 목소리를 낸 심석희 선수에게 지지를 보낸다. 그의 용기를 헛되지 않게 하려면 우리의 역할이 공분에 그쳐서는 안 될 것이다. 그보다는 피해자를 진짜와 가짜로 나누지 않는 태도, 피해자의 말에 귀 기울이고 연대하는 자세, 그것부터 우선적으로 행해야 한다.

싸움판 깔아준 아빠, 링 위에 오른 딸

코치와 선수가 의기투합해서 함께 성장하고 꿈을 이루는 서사는 세기의 러브 스토리보다 더 강렬한 환상을 불러일으킨다. 이러한 서사는 가장 고차원적인 사랑으로, 또 현대의 신화로 등극 되어 널리 회자된다. 운동선수의 실화가 자주 영화화되는 것도 이런 류의 서사가 필연적으로 감동을 자아내기 때문이다.

클린트 이스트우드 감독의 〈밀리언 달러 베이비〉와 임순례 감독의 〈우리 생애 최고의 순간〉은 성장 서사의 공식을 따르며 성공한 작품으로 꼽힌다. 정작 자신의 딸과는 잘 지내지 못하는 괴팍한 노인 코치와 노장 선수들이 자신의 야망을 방해한다고 생각하는 젊은 감독. 이들은 모두 여성 선수와 갈등하다가 길을 찾고 선수의 가능성을 끌어낸다. 인도 영화 〈당갈〉은 기존의 성장 서사에 여성 선수의 코치가 그들의 아버지라는 신선한 설정을 추가했다.

탁월한 실력을 인정받은 여성 선수들 가운데 아버지가 코치이자 조력자로서 헌신한 사례는 드물지 않다. 박

세리 선수를 필두로 박인비를 비롯한 한국의 여성 골퍼들이 LPGA를 점령한 배경에는 '골프 대디'라고 불리는 아버지들이 있다. 또 평창 동계올림픽에서 18세의 나이로 돌풍을 일으킨 여자 하프파이프 종목의 클로이 킴의 아버지도 직장까지 그만두고 딸을 뒷바라지한 것으로 유명하다.

〈당갈〉의 마하비르도 실존하는 인물이라는 점에서 화제가 됐다. 그런데 이 마하비르에게는 앞서 예로 든 아버지들보다 특별히 더 파격적인 면모가 있다. 그건 바로 어린 두 딸에게 터프하기 이를 데 없는 레슬링을 가르쳤다는 점이다.

아버지의 꿈이 되는 딸이라니

마하비르가 처음부터 딸을 후계자로 삼았던 것은 아니다. 애초에 그가 세운 계획은 아들을 통해서 꿈을 이루는 것이었다. 그러나 바람과 다르게 딸 넷을 낳으면서 그는 오랜 꿈을 단념하기에 이른다. 그러다가 우연히 딸들의 재능을 발견하고는 '남자가 따든 여자가 따든 똑같은 금메달'이라는, 마치 덩샤오핑의 흑묘백묘론과 같은 실용주의에 따라서 두 딸을 후계자로 삼는다.

그런데 딸이 태어날 때마다 낙담하는 마하비르의 모습이 어쩐지 낯설지 않았다. 우리 아버지는 운동선수가 아니지만, 내가 엄마의 배 속에서 자라는 내내 아들이기를 기대했다. 그에겐 나보다 먼저 세상에 나온 아들이 있었으니 더 많은 아들을 원했다는 표현이 정확할 것이다.

그래서 내 아버지가 나쁜 아버지였냐면 그렇지는 않다. 오히려 그 반대였다. 마하바르가 아내에게 "기타와 바비타가 소중하지 않은 게 아니야. 다만 내 꿈을 이룰 수 있는 건 아들뿐이라는 거지" 하고 말했듯이. 아버지에게 나는 단 하나뿐인 소중한 딸이었다.

당시엔 '딸바보'라는 말이 없었지만 아버지는 그렇게 불려도 무방할 만큼 애정이 넘쳤다. 그런데 그 애정은 어림과 연약함, 무지와 애교로 점철된 유아 시절로 한정된 것이었다. 나에게 세계라는 것이 어렴풋하게 생성될 무렵부터 나와 아버지는 서로에게 급격히 무관심해졌다. 나는 아버지의 좌절된 꿈이 무엇인지, 오빠를 통해서나 겨우 짐작할 수 있었고 아버지는 내 세계와 잠재력에 관심을 두지 않았다.

나중에 내가 안 사실은 아버지는 나에게 허탈할 정도로 기대가 없다는 것이었다. 그리고 어른이 되면서 뼈아픈 진실을 알게 됐다. 그것은 내가 아버지가 원하는 삶을 살든 그렇지 못하든 절대로 아버지를 만족시킬 수 없다는 것이다.

가부장인 아버지가 원하는 나의 삶이란 어떤 남자의 아내, 궁극적으로는 그 남자를 아버지라 부르는 아이들의 어머니가 되는 것이다. 그런데 그것은 내가 해내봤자 당연한 귀결이고 못 해내면 자격 미달인, 나에게는 그 자체로 하나의 덫인 삶이었다. 사실 남성 중심적인 체제 안에서 여성에게 주어지는 역할이란 대부분 이런 양상을 띤다.

그런데 아버지의 꿈이 되는 딸이라니! 주인공이 아버지와 아들이었다면 평범한 스포츠 드라마가 됐을 〈당갈〉은 중국과 대만 관객을 상대로 폭발적인 반향을 일으켰다. 이는 여권이 낮은 국가인 인도라는 배경, 코치가 된 아버지, 아마추어에서 진정한 선수가 되어가는 딸이라는 신선한 조합 덕분일 것이다.

〈당갈〉의 주제는 매우 단순하고 확실하다. 바로, '세상이라는 링에 올라서 싸우라'는 것이다. 이 싸움에 있어서 성별은 문제가 되지 않는다. 〈당갈〉의 세계는 갈등과 위기에 맞닥뜨렸을 때 싸워서 이기는 것 외에 다른 어떤 방도도 허용하지 않는다.

아버지는 이러한 신념에 따라서 딸들이 싸우고 이길 수 있게 싸움의 판을 깔아주고 이기는 법을 알려줬다. '최선을 다했다면 이긴 것이나 다름없다'는 달콤한 말에 속지 말라고 가르치기도 한다. 그리고 그 자신도 여성이 레슬링을 한다는 데서 기인한 세간의 편견과 맞서 싸운다.

싸움에 있어 성별은 문제가 되지 않는다

러닝타임 내내 여자가 아니라 싸움꾼으로서의 정체성을 쌓아 올린 딸들은 아버지와의 갈등마저도 싸움으로 정면 돌파한다. 그래서 이제는 인정받은 유망주가 된 기타가 그 옛날에 아버지를 따라서 전국을 떠돌며 남자들과 겨루던 그때와 마찬가지로, 또다시 흙판에서 아버지와 맞붙는 장면은 그가 치른 어떤 경기보다도 강렬하다.

왜냐하면 세상은 여성에게 이상할 정도로 싸우지 말 것을 강요하기 때문이다. 갈등을 일으키거나 난리를 피우지 말고 신비한 묘수를 써서 조용하게 문제를 해결하는 것이 여성으로서 추구해야 할 미덕이라고 가르친다. 그런 묘수를 체득하지 못한 여성들은 부당한 대우와 차별을 겪고도 마냥 인내한다. 이렇게 여성은 체제에 순응하도록 길들여진다. 심지어 상당수는 링에 오르는 것조차도 저지당한다.

〈당갈〉의 초반부에는 아직까지도 조혼이 만연한 인도답게, 결혼식이 끝나고 눈물을 흘리는 기타와 바비타의 친구가 등장한다. 고작 열네 살만 돼도 결혼하는 이 아이들은 링에 오르지도 못한 채 가정에 귀속되어 남은 인생을 산다.

그렇다면 한국의 여성들은 얼마나 다른가? 만혼이 대세라고 해서 여성들에게 충분한 시간이 주어진다고 할 수 있는가? 통상적으로 여성이 학업을 마치는 나이가 20대 중후반이고 한국 여성의 평균 결혼연령은 30세. 길어도 10년이 채 안 되는 시간 동안 여성이 무엇과 싸우고 무엇을 이룰 수 있을까.

이 영화가 페미니즘 영화인가, 아닌가 하는 논란이 말해주듯 〈당갈〉에는 한계와 흠결이 없지 않다. 두드러진

예로 기타와 바비타의 어머니는 너무나 수동적이고 밋밋한 인물이다. 또 싸움의 긴장과 쾌감이 폭발하는 사운드 트랙은 남성이 부르고 잔잔한 감정이 주를 이루는 장면에서는 어김없이 여성 보컬이 등장한다. 독립한 기타가 좌절을 겪고 다시 일어서는 대목도 마찬가지다. 아버지로 상징되는 남성의 세계가 무조건 옳은 것처럼 연출한 점이 아쉬웠다.

하지만 인도를 배경으로 한 영화가 여성에게 싸울 것을 독려했다는 점이 이러한 결점을 상쇄한다. 또 이 영화를 보고 나서 불가능한 것처럼 보이는 일에 도전하려는 소녀들이 있을 것이다. 한 편의 상업영화가 이만한 성취를 이룬 것은 분명 칭찬받을 일이다.

'명예는 얻을 수도, 잃을 수도 있는 것. 밤하늘의 별들도 서로 싸운다네. 그러니 나가서 싸우세.'

'당갈, 당갈(인도어로 레슬링을 의미한다)'을 반복하는 후렴구로 인기를 끈 타이틀 트랙의 가사처럼, 기실 인생을 제대로 살고자 한다면 링에 올라서 싸우는 수밖에 없다.

단언하는데 현명한 묘수 같은 것은 존재하지 않는다. 하지만 세상은 여성에게 이 당연한 룰을 알려주지 않는다. 2016년에 느닷없이 등장한 한 편의 인도 영화가 이를 뜨겁게 외쳤고 그 커다란 울림은 지금까지도 계속되고 있다.

굿바이. 남자들의 공놀이

한국과 멕시코 대표팀이 맞붙던 날 밤, 나는 연신 하품을 하면서도 깨어 있었다. 때마침 여행 중이었기 때문에 친구들과 어울려서 중계를 지켜봤다. 2 대 0으로 뒤지던 상황에서 손흥민 선수가 한 골을 만회했을 때 나는 그 상황을 이렇게 논평했다. '마치 뒤늦게 노력하는 구남친 같다'고. 그 말을 들은 친구 하나가 깔깔 웃었다. 그러고 보니 멕시코전만 그런 게 아니었다. 모든 공놀이가 헤어진 남자친구 같았다. 한때는 즐거움을 줬고 잊지 못할 추억도 만들었지만 굳이 떠올리고 싶지 않아서 외면해버리는.

헤어짐 이전에 만남이 있듯 분명 공놀이를 좋아한 시절이 있었다. 정확히 언제부터인지 모르겠지만 어릴 때부터였을 것이다. 주변의 모든 남자가 공놀이를 좋아하다 못해 숭배하기까지 했다. 자연스럽게 그 영향을 받았다.

정말이지 남자들은, 극히 일부만 제외하곤 모두가 공을 좋아한다. 우리 집만 해도 아버지와 두 살 터울의 오빠, 심지어 재작년에 태어난 어린 조카까지도 축구공이라면 사족을 못 쓴다. 그러므로 나는 공놀이를 즐길 줄 아는 쿨한 여자일 필요가 있었다.

"쿨한 여자는 섹시하고 똑똑하고 재미있는 여자라는 뜻이다. 그녀는 축구와 포커, 지저분한 농담, 트림을 좋아하고 비디오게임을 하며, 싸구려 맥주를 마시고 지상 최대의 음식 윤간 쇼라도 주최하는 것처럼 핫도그와 햄버거를 입속에 쑤셔 넣으면서도 어찌 된 일인지 사이즈 2를 유지하는 여자다."

소설가 길리언 플린은 출세작 『나를 찾아줘(Gone girl)』에서 쿨걸을 이렇게 묘사했다. 남자가 좋아하는 모든 것을 좋아하고 결코 불평하는 법이 없는 여자.

남자의 모든 것을 좋아하는 쿨걸

나도 예전에는 지금처럼 자주 불편하지 않았으니, 그만큼 불평도 적었으리라(확신은 못하겠다). 게다가 이전 남자친구들은 고맙게도, 내가 파마를 하거나 반영구 화장이라고 불리는 시술을 받으면 살인적인 지겨움을 견디며 기다려주는 타입이었다. 공놀이는 그들이 베푸는 자상함에 대한 보답이었다(그게 사랑 아닌가?). 기다린 횟수에 비해서 공놀이가 너무 잦긴 했지만, 좋은 게 좋은 거라고 퉁쳐야지 어쩌겠는가. 그리고 보답이 아니라도 남자들은 여자를 경기장에 끌고 가서 앉혀놓기를 좋아한다. 정확한 이유는 모르겠지만 대체로 그렇다.

그곳에서 나는 집안 남자들이나 남자친구가 숭배하는 팀을 응원했다. 항상 그런 것은 아니었지만 어느 정도 재미도 있었다. 아무 생각 없이 선수의 이름과 팀을 연호하는 것은 지능지수가 약간 떨어지는 것 같으면서도 즐거운 이벤트였다.

거기까지만 하면 좋으련만 한번 시작한 쿨걸 노릇을 멈출 수 없었다. 나는 딱히 관심도 없는 라리가의 순위를 외우고 엘클라시코가 돌아오기를 기다리는 척하며 쿨함을 연기했다. 역시 알지도 못하는 너클볼에 관한 다큐멘터리를 봤고 차에 실려서 대전까지 갔을 뿐만 아니라 그곳에서 파도도 탔다.

'뭐 어때? 이건 인류 문화사의 중요한 일부분이야. 공놀이를 이해한다는 건 남자를 이해하는 거라고.' 시간낭비를 합리화할 구실만 늘어났다.

그런데 내가 그렇게 된 것은 우연이 아니다. 공놀이와 쿨걸 정서를 결합시켜서 하나의 문화현상을 만들던 흐름이 분명히 존재했기 때문이다. 시작은 2002년 무렵부터인데, 우리 생에서 보게 될 것이라고는 상상치도 못한 월드컵 4강을 안방에서 지켜봤으니 무리도 아니었다. 공놀이에 관한 책이 쏟아지다시피 했고 닉 혼비의 『피버 피치 (Fever Pitch)』도 이때 번역됐다.

알려진 대로 닉 혼비는 영원히 철들지 않는, 아니, 철들 생각이 없는 남자들을 위한 변명을 써내는 데에 매우 탁월한 작가다. 그의 작품에는 어린 시절의 외로움이나 결핍을 보상받고자 축구와 록 음악 등에 심취한 오타쿠 남자가 자주 등장한다. 어찌 된 일인지, 이들에겐 나름의 매력이 있고 그 매력으로 쿨걸의 사랑을 얻는 데 성공한다. 하지만 이 허약하기 짝이 없는 별종들에게 사랑이란, 여자친구의 집에 얹혀살면서 잘못을 저지르고 그럼에도 무조건적인 이해를 바라는 것이다. 『피버 피치』는 이 작가의 지독한 축구 사랑을 담은 자전적 에세이이자 데뷔작이다.

닉 혼비의 뒤를 이어 한국 문학계에도 축구를 소재로 한 장편소설 『아내가 결혼했다』가 발표돼 인기를 끌었다. '골키퍼 있다고 골이 안 들어가느냐'는 농담에서 출발한 것 같은 이 소설은, 어느 축구광 남자가 자신만큼이나 축구를 좋아하는 쿨걸과 결혼하면서 벌어지는 사건을 다뤘다.

이런 작품들이 주는 메시지는 한결같다. 공놀이는 남성성 그 자체라는 것. 남자는 공놀이에 미치는 열정으로 여자를 사랑한다. 그러니 쿨걸들이여, 우리들을 사랑해 달라!

결국 이러한 흐름은 공놀이를 여자들이 이수해야 할 필수 교양 대열에까지 올려놓는다. 예를 들면 『축구 아는 여자』나 『야구 아는 여자』와 같은 책이 등장했는데 이런 책은 여성이 스포츠 까막눈이라는 전제하에 기획됐다. 보통의 스포츠 서적과 다르게 여성 저자를 내세워서 오프사이드나 삼진 아웃부터 가르치는 의도는 너무 빤하지 않은가? 쿨걸이 되라는 것이다.

결국 내가 진정으로 공놀이에 빠진들 그것은 여자인 나와 무관한 일이었다. 가난한 소년이 이적료 1000억 원을 넘게 받는 스타가 돼도, 노장 감독의 고집이 기적을 일으켜도, 다른 세상의 신화처럼 느껴졌다. 생각해보면 나는 정식으로 공을 차보거나 던져본 적도 없다. 꿈의 무대라고 불리는 경기장도 나의 무대가 아니었으며 남자의 공놀이에 온 세상이 열광하는 풍경은 소외감만 안겼다. 그것은 국제대회에서 남성 선수들보다 월등히 좋은 성적을 내는 여성 선수들도 마찬가지일 것이다. 오직 남성만이 열띤 환호와 절망의 주인공일 수 있다.

그렇게 나는 공놀이와 결별했다. 이미 헤어진 남자와 우연히 마주치듯 F조의 경기와 결승전만 겨우 구경했다. 모든 것이 짐작대로 흘러갔다. 월드컵은 여전히 남자가 뛰고, 남자가 심판을 보고, 남자가 해설하고, 남자 권력자들이 한자리에 모이고, 남자가 돈을 버는 이벤트였다.

여성의 자리가 경기와 동떨어진 주변부인 것도 여전했다. 현장을 보도하던 여성 리포트가 남성에게 성추행을 당하는 영상을 봤고 러시아 버거킹이 선수 아이를 임신하는 여성에게 상금과 햄버거를 평생 제공하겠다는 프로모션을 벌였다가 중단했다는 소식을 들었다. 그나마 다행스러운 것은 국제축구연맹(FIFA)이 나서서 중계 중에 여성만 골라서 줌인하는 것을 금지하라고 방송사에 요구한 점이다. 사진 전문 에이전시 게티이미지도 '가장 섹시한 팬들'

이라는 이름의 갤러리를 열었다가 얼른 삭제했다.

여전한 월드컵, 반전의 결승전

그렇게 월드컵과의 재회는 별다른 추억도 없이 막을 내리는 듯했다. 앞으로도 두고두고 회자될, 결승전의 '그 사건'이 아니라면 말이다. 나는 훗날 러시아 월드컵의 우승팀은 기억하지 못해도 그라운드에 난입한 러시아 펑크록 밴드 '푸시 라이엇'은 기억할 듯하다. 전부터 꾸준하게 푸틴 체제에 저항해온 이들은 남자들의 게임을 시원하게 망쳐 놨다. 그리고 엄청난 관심과 질타를 한몸에 받았다. 일부 팬들이 크로아티아 선수들보다 더 분노하는 바람에 다소 어리둥절했지만 그러한 반응조차도 푸시 라이엇의 전략이 유효했음을 증명한다.

역시나 공은 둥글며 반전은 얼마든지 일어날 수 있다. 축구 역사상 가장 쿨한 진리를 선수가 아닌 록 밴드가 몸소 보여주다니! 앞으로도 이런 반전이 준비돼 있다면 나는 다시 한번 공놀이를 좋아할 수 있을 것 같다.

나애리는 왜 나쁜 계집애일까

　지금은 하나의 문화상품이 된 90년대에, 나는 내가 알수 없는 세계를 만화로 접했다. 그 세계의 이름은 '운동하는 소년들의 꿈과 우정'쯤 된다.

　그 시절만 해도 나는 땀 흘리는 것을 싫어하는 까다로운 여자아이였으니, 운동도 소년도 나와는 상관없는 것들이었다. 그런데도 스포츠 만화를 즐겨본 이유는 모바일 게임이나 SNS가 없던 시대의 아이들에게 만화책이 독보적인 인기를 누렸기 때문이다. 특히 농구 만화 〈슬램덩크〉는 90년대 내내 가장 열렬하게 사랑받은 작품이었고 아직도 상당수의 올드팬을 거느리며 회자되곤 한다.

　그런데 이 글을 쓰기 전에 문득 지금 다시 〈슬램덩크〉를 읽을 수 있을지 궁금했다. 〈슬램덩크〉가 창고에서 잠든 동안 까다로운 여자아이는 일주일에 서너 번씩 바벨을 잡는 성인이 됐고(여전히 까다롭긴 하다) 무엇보다 페미니스트가 됐다. 이는 내가 웬만한 스포츠 만화를 끝까지 읽지 못한다는 뜻이기도 하다.

당장 〈슬램덩크〉의 여성 캐릭터인 채소연과 이한나를 떠올리기만 해도 이 만화를 다시 들추는 것보다 추억으로 남겨두는 편이 좋을 것 같다는 생각이 든다. 왜냐하면 채소연은 '농구 좋아하세요?'라는 말 한마디로 주인공 강백호를 농구에 입문시키는 미소녀이고 이한나는 강백호가 들어간 농구팀의 매니저이자 같은 팀의 선수인 송태섭이 짝사랑하는 대상이기 때문이다.

둘은 농구하는 소년들의 들러리라는 면에서 크게 다를 게 없다. 그러나 세부적으로 살펴보면 채소연은 뭘 잘모르는 순진하고 엉뚱한 소녀인 반면 이한나는 성숙하고 카리스마 있는 글래머다. 전원 남성으로만 채우기는 심심한 농구 만화에서 이들은 예쁘장한 눈요기이자 잔재미를 유발하는 장치로써 기능한다.

장르적인 문법에 충실한 스포츠 만화의 대부분이 이와 닮은꼴의 기시감을 선사한다. 비교적 최근에 일본 야구 만화의 전설 〈에이치투(H2)〉를 읽으면서도 마뜩잖은 감정이 떠나지 않았다(에이치투도 90년대에 출간, 인기를 끌었는데 나는 2016년에 재발간된 단행본으로 이 작품을 처음 접했다).

내가 스포츠 만화를 끝까지 못 읽는 이유

한 가지 특이성을 꼽자면, 〈에이치투〉를 그린 아다치 미츠루는 〈슬램덩크〉의 경우보다 여성 캐릭터를 좀 더 비중 있게 다루는 편이다. 이 만화 속 소녀들은 어설픈 짝사랑의 대상이 아니라, 소년들과 본격적으로 연애 감정을 주고받으며 작품의 한 축을 담당한다.

그러나 두 명의 소년이 어린 나이임에도 진지하고 열정적인 것과 달리 두 소녀는 아무런 저항 없이 사회가 요구하는 여성의 역할을 수행한다. 히카리와 하루카는 세상의 모든 남성 작가가 반복해서 구현한 진부한 여성 캐릭터의 백화점 같다.

두 소녀는 건강하고 씩씩해서 제 앞가림을 잘하지만 소년들을 위협할 정도로 강하진 않다. 무엇보다도 이들은 예쁘고 '적당히' 똑똑해서 소년들의 고민을 이해하고 어른스러운 조언을 제공하기도 한다.

하지만 평소엔 실수를 연발하고 어딘가 모자란 것처럼 행동하며 절대로 화를 내는 법이 없다. 결정적으로 이들에게는 전부를 걸 승부도, 올라설 마운드도 없다. 소년들 못지않게 야구를 좋아하지만 이들의 역할은 치어리더로 한정된다.

그런데 〈에이치투〉를 끝까지 보기 위해서 내가 인내해야 할 것은, 남성 작가의 입맛대로 만들어진 여성 캐릭터가 아니었다. 이보다 더 큰 걸림돌은 아다치 미츠루가 소위 말하는 서비스 컷으로 내놓는 '소녀의 몸'이었다.

〈에이치투〉에는 수영이나 체조를 즐기는 짧은 머리의 소녀들이 마치 풍경처럼 맥락도 없이 반복적으로 등장한다. 얼굴이 잘린 채로 클로즈업되곤 하는 소녀의 가슴, 그리고 가랑이가 남성 독자에겐 서비스일지 모르겠으나 나에게는 소녀의 몸을 향한 작가의 집착과 도착적인 취향을 과시하려는 의도로 읽혔다.

더군다나 이 만화에 등장하는 남성들은 포르노와 팬티에 집착하고 성추행을 짓궂은 장난처럼 가볍게 저지른다. 그럼에도 이들이 저지른 성추행이 문제가 되지 않는 것은, 이들이 야한 것을 좋아하는 철없는 중년 내지 천재 소년이기 때문이다. 도대체 언제까지 아이들이 보는 만화에서 '사람 좋은 변태' 캐릭터를 봐야 하는가?

이쯤에서 결론은 나왔다. 페미니스트라면 소년 주인

공을 내세운 만화를 시도하지 말아야 한다는 것. 그렇다면 운동하는 소녀가 등장하는 스포츠 만화는 어떨까? 이렇게 발동된 호기심 덕분에 나는 소녀 주인공을 내세운 테니스 만화 〈해피!〉와 유도 만화 〈야와라〉를 구해서 읽었다. 두 작품은 모두 인기 만화가 우라사와 나오키의 히트작이다. 그러나 애석하게도 이들 작품 역시 마음 놓고 즐길 만한 작품은 아니었다.

살아있는 소녀를 보고 싶다

일단 소녀 주인공이 스포츠에 입문하는 계기부터 문제적이다. 소녀들은 스포츠를 향한 열정이나 자아실현, 출세욕이 아니라 가정 문제 때문에 운동을 시작한다. 운동으로 유명해져서 어릴 때 헤어진 아버지를 만나거나 오빠가 진 거액의 빚을 대신 갚고자 한다.

이는 1980년대에 TV 애니메이션으로 인기를 끌었던 〈달려라, 하니〉에서도 찾아볼 수 있는 설정이다. 〈달려라, 하니〉 1화는 중학생 하니가 아버지, 새엄마와의 갈등 때문에 가출하고 혼자 옥탑방을 얻는 것으로 시작한다(홍

두께 선생이 찾아와서 김치를 담가주기도 한다). 구전설화에서부터 꾸준하게 명맥을 이어온, '딸을 핍박하는 가족 플롯'이 스포츠 만화에서도 반복되는 것이다.

여기에 소위 말하는 '여자의 적은 여자'라는 진부한 설정까지 추가된다. 우여곡절 끝에 운동을 시작한 주인공은 수순처럼 악녀 라이벌과 만난다. 악녀들은 부유하고 예쁘지만 인성에 결함이 있는 소녀로 묘사되는데, 이들이 저지르는 악행이라곤 주인공에 집착하기, 질투하기, 주인공의 남자에게 눈독 들이기, 지고 나서 분노하기가 고작이다(나는 지금도 나애리가 왜 '나쁜 계집애'인지 모르겠다).

앞서 언급한 〈에이치투〉의 두 소년이 라이벌이면서도 쿨하게 서로를 인정하고 함께 성장하는 것과 비교하면 소녀 주인공과 악녀의 관계 설정은 너무나 얄팍해서, 여성의 우정을 폄하하려는 음모처럼 보이기도 한다. 요컨대 소녀를 내세운 스포츠 만화는 성장보다 그가 겪는 고생과 악인의 음모, 로맨스에 더 집중한다. 또 주인공이든 들러리든 간에 상관없이 운동하는 소녀의 몸은 성적으로 소비된다.

나의 바람은 좀 더 인간적이고 진지하고, 무엇보다 생

생하게 살아있는 소녀 주인공들을 보는 것이다. 이런 주인공들을 선망한 여자아이들이 운동장에서 뛰어놀기까지 한다면 더 바랄 것이 없겠다. 〈슬램덩크〉의 인기가 또래 남자아이들 사이에서 농구 열풍을 이끌었던 것처럼 말이다.

만화가 모바일 게임과 SNS의 시대에도 살아남은 까닭은 그만의 고유한 매력이 있기 때문일 것이다. 그렇다면 장르의 틀을 깨는 새로운 스포츠 만화도 얼마든지 등장할 수 있지 않을까?

페미니즘 프로파간다, 광고

지난 2018년 3월 8일, 세계 여성의 날을 맞아 글로
벌 패스트푸드 브랜드인 맥도날드가 회사의 심볼인 대문
자 M을 뒤집어 W를 내거는 파격을 선보였다. 여성의 날
(Women's day)을 맞은 세계의 모든 여성을 축하한다는 메
시지를 전달한 것이다.

하지만 보통의 광고가 모두 이렇게 여성에게 우호적
인 것은 아니다. 오히려 여성들에게 공포나 불안을 주입함
으로써 상품을 구매하게끔 유도하는 광고들이 텔레비전
과 인터넷, 지하철 광고판을 장악한 지 오래다.

대표적인 예가 기능성 화장품과 의류, 다이어트 식품,
성형외과 등 여성의 패션과 미용에 관련된 광고들이다. 이
들 광고는 촬영 기술과 포토샵으로 만들어진 이미지를 내
세우면서 누구도 재현할 수 없는 미의 기준을 제시한다.
그리고 그 기준에 도달하기를 원한다면 해당 상품을 구매
하라고 종용한다.

'나이 들지 마라', '살찌지 마라', '유행에 뒤처지지 마

라'는 메시지를 전달받은 여성은 불안과 위기감을 느낀다. 그리고 모델과의 비교를 통해서 자신을 비하한다. 나는 아름답지 않다, 나는 충분히 날씬하지 않다, 나는 지금 뒤처지고 있다. 이렇게 '~하지 마라', '~하지 않다'가 득세하는 가운데 여성들은 필요도 없는 비싼 물건을 사들이고 혹시 중요한 것을 놓쳤을까 봐 불안해한다.

그런데 이렇게 부정형으로 채워진 세상에서 드물게 '할 수 있다'는 긍정의 메시지를 주는 광고가 있다. 바로 스포츠 브랜드의 제품 광고다. 스포츠 브랜드가 여성에게 긍정적인 메시지를 주기 시작한 것은 운동하는 여성의 수가 늘어나면서부터였다. 매출 신장을 위해서 여성들의 욕망을 알아차리고 부응할 필요가 있었던 것이다.

실제로 스포츠 브랜드의 의류와 잡화를 소비하는 주요 고객이 여성이라는 것은 가까운 매장에만 가봐도 알 수 있다. 매장마다 가장 잘 보이는 쇼룸에 여성용 의류와 운동화가 진열돼 있고 여성 모델의 사진으로 만든 대형 배너가 걸려 있다.

땀 흘리는 여성에 주목하는 기업들

그 과정에서 일부 광고들은 페미니즘 프로파간다로서의 역할을 톡톡히 해내며 인기를 얻었다. 개중에서도 나이키 우먼은 운동과 페미니즘의 요소를 결합한 광고를 꾸준히 선보였다. 확실히 나이키의 광고는 탄탄한 근육질 몸매의 모델을 내세우는 일차원적인 광고와는 다르다.

근래 나이키가 선보인 광고들은 역사적으로 여성 혐오의 정서가 강한 국가들, 이를테면 터키와 러시아, 아랍권 국가를 배경으로 여성들이 억압과 금기를 박차고 나오는 강렬한 장면을 연출했다. 특히 터키 편은 요리 대신에 역도를 하고 금으로 된 액세서리가 아닌 금메달을 목에 건 여성의 이미지를 보여주는데 BGM으로 가수 비욘세의 〈세상을 이끌어(Run The World)〉를 씀으로써 완성도를 높였다.

같은 시리즈의 러시아 편에서는 어린 소녀들에게 운동을 함으로써 강해지라는 메시지를 던진다. 이 광고는 무대 위에서 〈여자는 무엇으로 이뤄지는가(What Are Girls Made Of)〉라는 노래를 부르던 소녀가 객석에 나타난 여성 선수들의 환영을 보면서 시작된다.

얌전하게 노래를 부르던 소녀는 선수들의 강인한 모습을 보며 용기를 얻는다. '여자는 반지와 꽃으로 만들어졌다네'라는 가사를 '여자는 의지와 힘, 타오르는 불로 만들어졌지'로 바꿔 부르고 공연장을 뛰쳐나온다. 다음 장면에서 소녀가 서 있는 곳은 한겨울의 축구장이고 그는 비장한 눈으로 골대를 응시하며 킥을 준비한다. 일련의 나이키 광고들이 반향을 불러일으킨 것은 단순하고 확실한 메시지와 강렬한 이미지의 대비로 전형적인 프로파간다의 성격을 띠기 때문이다.

나이키의 라이벌 브랜드인 아디다스는 이보다 우회적인 방식을 선택했다. 아디다스는 '마이런'이라고 불리는 마라톤 대회에 여성 전용 구간인 '우먼스8K'를 선보였고 여성 월드컵 광고를 꾸준히 제작함으로써 여성 소비자들에게 어필했다. 러닝을 향한 아디다스의 애정은 최근에 선보인 광고(THE FEARLESS AF)에서도 드러났다.

이 광고는 '여성은 충분히 빠르지 않고 강하지 않고 단호하지 않다'는 편견에 저항하며, 멈추지 않고 달리는 여성을 보여준다. 그리고 남성의 이름으로 선수 등록을 감

행해 여성 최초로 보스턴 마라톤 풀코스를 완주했던 캐서린 스위처를 향한 오마주도 잊지 않았다. 이 외에도 '핑계 말고 근육을 만들라(Make Muscles, Not Excuses)'는 도발적인 슬로건을 내놓기도 했다.

광고 외적인 부분에서 아디다스가 이룬 업적으로는 디자이너 스텔라 매카트니와의 협업을 통해서 에슬레저룩의 유행을 선도한 점을 꼽을 수 있다. 스텔라 매카트니는 그의 아버지인 폴 매카트니(비틀즈의 멤버)가 누구인지 모르는 어린 세대들이 열광하는 영향력이 있는 디자이너다. 그는 체육관에서나 입던 운동복을 평상복으로도 입을 수 있도록 감각적으로 변형시켰고 그 덕분에 에슬레저룩의 상징과도 같은 디자이너로 등극했다.

크로스핏 전용 운동복과 운동화, 스파르탄 레이스로 주가를 올린 리복은 세계적인 발레리나 강수진을 모델로 발탁한 바 있다. 우아하고 가냘픈 기존의 이미지를 벗어난, 케틀벨을 들어 올리고 스파르탄 월을 뛰어넘는 강수진의 새로운 모습이 화제를 모았다. 그는 운동하는 여성에 따라붙는 '독하다'는 편견에 맞서고 반드시 완벽해야 할 필요는 없다는 메시지를 줌으로써 여성들을 독려한다.

광고, 여성의 욕망을 비추다

스포츠 브랜드는 아니지만 글로벌 화장품 브랜드인 피앤지(P&G)도 편견을 깨고 여성성을 긍정하자는 의미의 '여자처럼(LIKE GIRL)' 캠페인을 벌인 적이 있다. 모델들에게 '여자처럼 달려보라', '여자처럼 던져보라'는 주문을 한 다음 '여자처럼'이란 말에 담긴 차별과 편견, 여성 혐오의 뉘앙스를 꼬집는다. 이밖에 사춘기에 접어들면서 운동을 그만두는 소녀들을 향해서 '멈추지 말라'는 응원의 메시지를 보내기도 한다.

이런 광고에 등장하는 여성들은 대체로 강하고 자신감이 넘친다. 기존의 광고가 생산하던 여성의 이미지와 비교하면 획기적인 변화가 아닐 수 없다. 끊임없이 외모를 걱정하고 남자친구에게 신제품을 사달라고 조르거나 섹스어필의 도구로써 존재하던 여성 모델들을 떠올려 보라! 하지만 그럼에도 광고와 스포츠 브랜드업계의 이면을 들여다보면 개선해야 할 점들이 없지 않다.

가장 심각한 문제는 나이키나 아디다스 같은 글로벌 스포츠 브랜드는 여전히 제3세계의 빈곤한 여성과 아동을 동원해서 옷을 만든다는 사실이다. 해당 기업은 자유로운 여성의 이미지를 동원해서 막대한 수익을 취하는 동시에 여성의 노동력을 착취하는 점에서 비난받아 마땅하다. 이뿐만 아니라 나이키가 무슬림 여성을 등장시켜서 만든 광고는 편견과 억압에 맞서라는 메시지를 주기 위해서, 무슬림 여성을 향한 편견을 강화했다는 비난을 사기도 했다.

끝으로 글로벌 브랜드들이 내놓는 여성 운동복이 과연 광고 속 이미지만큼 진보적인지도 의문이다. 여성용 운동복은 여전히 핑크나 코럴 계열 위주로 제작되고 노출이 많은 디자인이나 달라붙는 소재를 이용해서 여성의 몸매를 부각한다. 또 주머니가 있어야 할 자리에 주머니가 없거나 불필요한 장식이 달리는 등 개선해야 할 점이 한둘이 아니다.

세계적인 카피라이터 빌 배커(Bill Backer)는 그의 저서에서 '광고와 선전은 이복형제이며 광고는 뭔가를 인간의 욕구와 연결시키고 선전은 막연한 것에 구체적인 이미지를 부여한다'고 했다. 즉 기업은 은밀하게 확산된 대중의 욕망을 수집해서 광고를 제작하고 대중은 광고의 이미지를 소비에 반영하는 것이다. 무수한 이미지 중 하나가 굳건한 대세로 자리 잡으면 다수의 욕망이 반영된 트렌드가 탄생한다.

광고에 등장하는 낯설고 쿨한 여성의 이미지가 더 큰 변화를 이끌 수 있을까? 광고가 다양한 형태로 발현되는 여성성과 여성의 욕망을 보다 구체적으로, 충실하게 반영할 수 있을지 지켜볼 일이다.

너의 주제가를 들려줘

히어로는 결코 그냥 등장하는 법이 없다. 히어로의 주제가가 만방에 울려 퍼지면 그제야 점 하나나 될까 하는 크기로 모습을 드러낸다. 평범한 사람들은 아무런 희망도 없는 순간에서도 이제 곧 히어로가 나타나서 우리를 구해줄 것임을 알아차린다. 모르긴 몰라도 히어로도 주제가에서 힘을 얻을 것이다. 임파워링의 순간에 절대 빠질 수 없는 것이 음악이니까. 같은 맥락에서 스포츠가 있는 곳에도 음악이 끊이지 않는다.

야구는 음악으로 흥을 돋우는 대표적인 스포츠다. 한국의 야구장은 경기장과 지상에서 가장 큰 노래방의 겸용이라고 해도 과언이 아니다. 팀마다 응원가가 있고 선수 등장곡이 따로 있다. 1회, 5회, 9회 말이 끝났을 때의 공백을 음악으로 메우고 안타와 홈런, 역전과 투수 교체의 순간에도 음악이 없으면 허전하다.

비단 경기뿐만 아니라 훈련을 할 때도 음악은 좋은 메이트가 돼준다. 그 옛날 노동자들이 노동요를 지어 불렀던 것처럼. 노동요는 노동의 시작과 진행, 끝을 알림으로써 노동을 의식화하고 주거니 받거니 하는 선창과 후창으로 구성된 합창요의 형식을 취하며 노동하는 사람들 간의 끈끈한 연대를 끌어낸다.

운동과 노동은 지루하고 인내를 요한다는 점에서 쌍둥이처럼 닮았다. 한곳에 모여서 함께 땀을 흘리기만 해도 동료 의식이 싹트는 것도 그 때문일 것이다. 예를 들면 크로스핏 박스에서 소위 말하는 '텐션'을 높여주는 음악이 흐르면 사람들이 더욱 힘을 낸다. 너도 알고 나도 아는 그 노래에 맞춰 힘든 운동을 함께 해내는 것. 이것이 바로 21세기형 노동요다.

21세기형 노동요

재미있게도 이와 반대되는 상황에서도 음악이 필요하다. 요즘은 여럿이서 달리는 러닝 크루가 인기를 끌고 있지만 러닝은 본래 고독한 운동이다. 혼자서 수 킬로미터를 달리면서 조용히 생각에 잠기는 사람도 없지 않겠지만 대부분은 이 시간을 음악과 함께 한다. 그래서 러닝을

시작하기로 마음먹었다면 가장 먼저 해야 할 일은 쇼핑이
다. 가벼운 러닝화와 블루투스 이어폰, 혹은 암밴드가 있
어야 달릴 수 있다.

적막이 최고의 음악인 곳도 있는데 내 경험에 따르면
주짓수 도장이 유일했다. 도장에 들어서기만 해도 특유의
황량한 이미지가 음악 같은 건 기대도 하지 말라고 경고하
는 것 같다. 5~7분씩 짤막하게 진행되는 스파링도 일단 시
작하면 방어 외에 다른 생각을 할 수 없다. 이런 장소에서
는 음악은 방해만 될 뿐이다. 결정적으로 음악과 사람 둘
이 있다면 춤을 춰야지, 싸움이 웬 말인가. 그만큼 음악과
격투의 조합은 어색하다.

차라리 검열관이 되리

그렇다면 임파워링의 순간에 어떤 곡을 들어야 제격
일까? 그 답은 아마도 경기장에서 살다시피 하는 스포츠
기자들이 알고 있을 것이다. 그들은 경기장에서 가장 많
이 울려 퍼진 곡으로 퀸이 부른 〈위 아 더 챔피언(We Are
The Champions)〉을 꼽는다. 이 노래만 있으면 이기든 지

든 우리는 다 챔피언이 된다. 퀸을 위시한 록밴드의 히트곡 대부분은 축구 응원가로도 명성을 떨쳤다. 특유의 과격함이 닮은 탓인지 홀리건의 슬로건과 노래 가사가 일치하는 경우도 있다. 〈위 아 더 챔피언〉과 함께 불세출의 응원가로 꼽히는 퀸의 〈위 윌 락 유(We Will Rock You)〉가 그렇다. 이밖에도 게리&페이스메이커가 부른 〈유 윌 네버 워크 얼론(You Will Never Walk Alone)〉, 비틀즈의 〈옐로 서브마린(Yellow Submarine)〉, 〈쉬 러브즈 유(She Loves You)〉가 명문 축구팀의 응원가로서 영원한 생명을 이어가고 있다.

하지만 현대인의 분노는 록 음악만으로 채울 수 없었다. 더 강력한 뭔가가 필요했다. 이를테면 내가 10km 달리기를 연습하면서 주야장천 들었던 에미넴과 니키 미나즈의 히트곡들. 인기 작가이자 음악 평론가인 닉 혼비도 '에미넴과 비교하면 섹스 피스톨스의 허무주의는 사려 깊고 사회 참여적'이라고 일갈한 바 있다.

에미넴의 분노는 카니예 웨스트나 제이지와는 다른 차원에 존재한다. 그의 화는 진짜다. 도저히 힘을 낼 수 없는 순간에 에미넴의 〈낫 어프레이드(Not Afraid)〉를 듣는 것은 '오늘 끝까지 달리겠다'는 뜻이다. 특유의 공격적인 랩을 구사하는 니키 미나즈는 또 어떤가. 그는 엉덩이(Butt), 비치(Bitch), 알렉산더 맥퀸(Alexander McQueen)이 없으면 성립할 수 없는 랩으로 (그가 과시하던 대로 묘사하면) 펜디를 입고 벤틀리를 타는 최고의 래퍼가 됐다.

문제는 이 둘이 마치 천 년의 비법을 터득한 혐오의 장인처럼 여성 혐오로 점철된 노래를 끝도 없이 지어내는 데 있다. 나도 창작자이고 창작의 자유가 소중한 것을 안다. 일일이 검열하고 싶지 않다. 하지만 이런 노래들이 인종과 성별, 세대를 막론하고 모두가 여성형 멸칭을 남발하도록 기여한 것은 사실이다. 이제는 비치가 멸칭이라는 자각도 없을 정도로 흔하게 쓰인다.

흑인들이 그들을 멸시하는 호칭과 끈질기게 싸워서 지금의 '아프리카계 미국인(African American)'을 쟁취한 것과 비교하면 이상한 일이다. 왜 여성은 여성형 멸칭에 대해서 문제를 제기하지 않는가? '이건 그냥 노래야', '힙합이 다 그렇지 뭐'라고 하면 그만인가?

결국 근육과 폐를 단련시키려고 시작한 운동 때문에 머리만 복잡해졌다. 그러나 고민하던 중에도 이미 답을 알고 있었다. 지금이 어떤 시대인가? 동요 〈상어 가족〉조차도 강자 중심의 약자 혐오를 조장할 수 있다고 보는 정치적 올바름의 시대다.

인정할 것은 인정하자. 약자를 혐오하면서 힘을 얻는 것은 기괴하다. 문제의식을 흐릿하게 지우면서 즐거움을 누릴 바엔 차라리 꽉 막힌 검열관이 되겠다. 대중문화의 최전방에서 진을 치며 대중의 의식과 무의식을 파고드는 팝과 가요에도 정당한 비판이 가해져야 한다. 비록 운동이 잘 안 되더라도, 워크아웃 뮤직 리스트에서 상당수의 곡이 지워질지라도 말이다.

루키즘 나라의 #운동하는여자

이 책 『운동하는 여자』의 제목은 예상대로 '#운동하는 여자'에서 따왔다. 처음 원고를 쓰기 시작하던 때는 페미니즘과 함께 운동이 여성들의 중요한 관심사로 급부상하던 시기였다. 운동과 관련된 가장 핫한 해시태그의 화제성을 빌려와서 운동하는 여자들의 다양한 양상을 보여주고 싶었다.

자연히 『운동하는 여자』를 쓰는 내내 체육관을 오갔다. 과거와 비교해서 체육관의 달라진 면을 꼽으라면 '페미니즘과 여성 혐오가 공존하는 분위기'라고 생각한다. 몸의 형태보다는 기능에 주목하고 체력을 기르자는 목소리가 힘을 얻는 동시에 여전히 수많은 여성이 조금이라도 더 마르기를 소원한다. 상반된 두 가지 욕망이 충돌하는 것이다.

여성에겐 이 두 가지 욕망이 혼재되는 공간이 하나 더 있는데, 바로 '넷(NET)생'이다. '현생에 힘주러(현실에 충실하러) 갑니다'와 같은 용례를 보면 알 수 있듯 넷생은 현생의 반대말, 즉 인터넷상에서의 삶을 의미한다. 과거엔 단순히 인터넷 중독을 우려했다면 이제는 현생을 살듯 또 하나의 삶, 넷생을 살아야 한다. 현생을 살면서 넷생을 연출하는 게 아니라 쿨한 넷생을 위해서 현생을 연출하는 것도 낯설지 않다. 그리고 이러한 현상의 이면에는 SNS가 존재한다.

개중에서 가장 핫한 플랫폼이자 시각적인 이미지가 주를 이루는 인스타그램에 관해 이야기해보자. 끝도 없이 미녀가 등장하고 아무도 일하지 않고 모두가 리조트에서 칵테일을 마시는 세상에 대하여. 처음 인스타그램이 일군 루키즘(Lookism) 왕국의 실체를 확인했을 때, 그 인상이 사뭇 충격적이기까지 했다. SNS에서 외모를 전시하는 현상은 싸이월드의 미니홈피 시절부터 계속됐지만 인스타그램의 탄생으로 정점을 맞았다. 그만큼 그 양상이 노골적이고 집약적인 것이다.

적게는 천 명에서 많게는 만 명 단위의 팔로워를 거느린 인스타그램 스타들의 피드는 얼굴과 몸만으로 구성되는 것이 보통이다. 그래서인지 때로는 현란한 이미지들을 따라가는 것조차 버겁다. 제아무리 대단한 쇼도 인터미션이 있기 마련인데 잠깐이라도 쉬어갈 수 없는 걸까?

하지만 이내 내가 틀렸음을 알았다. 소위 말하는 뷰티 인플루언서라면 외모 이외의 것을 전시하며 한가하게 쉴 수 없다. 그곳은 가장 뜨겁고 치열한 미의 콜로세움이기 때문에.

페미니즘과 여성 혐오가 공존하는 넷생

이러한 현상은 인스타그램만의 고유성에서 기인하는데 애초에 인스타그램은 인지도가 확고한 이른바 셀럽이 아닌 이상 '나'를 내세울 수 없는 구조로 되어 있다. 계정이 성장하기 위해서는 나, 혹은 나의 삶이 아니라 가장 경쟁력 있는 콘텐츠 하나에 주력하며 지속적으로 이미지를 제공해야 한다. 그래야 팔로워를 끌어모으고 그들을 만족시킬 수 있다. 이런 이유로 일부 인기 계정은 연예인 화보와 비교해도 손색이 없는 수준의 이미지와 대담한 노출로 시선을 끈다.

바로 이 지점에서 운동과 루키즘이 만난다. 운동복 입은 미녀의 활동적이고 섹시한 이미지, 열심히 운동해서 몸을 만드는 과정, 복근과 애플힙의 전시가 인스타그램을 무대로 이뤄지는 것이다.

또 종전에는 주류 미디어가 일방적으로 트렌드를 이끌었다면 일인 미디어가 맹위를 떨치면서부터 그 양상이 역전됐다. 일인 미디어만의 독립적인 트렌드가 따로 존재하는 것이다. 뿐만 아니라 SNS 유명인이 주류 미디어로 진출하고 반대로 기성 방송인이 개인 방송을 제작하는 양상도 나타난다. 이렇게 점점 더 다양해지는 SNS 트렌드 가운데서 '인생 화보'는 운동과 관련된 가장 대표적인 트렌드로 꼽힌다.

내 몸은 매력적인가?

인생 화보란 운동으로 몸을 가꾼 일반인들이 스튜디오에서 촬영한 사진을 말한다. 재미나 자기만족을 위한 이벤트라 하기엔 상당한 시간과 비용, 노력이 요구된다. 먼저 운동과 식이를 병행하면서 화보 촬영에 적합한 몸을 만들어야 한다. 어떤 몸이 인기인지, 촬영에 적합한지는 굳이 누가 정해놓지 않아도 모두가 알고 있다(의심하지 않아도 된다, 당신이 떠올린 그 몸이 맞다).

우선 근육은 필수지만 너무 크거나, '예쁘지 않게' 발달해서는 안 된다. 전반적으로 마른 가운데 근육질인 전문 댄서 같은 실루엣을 갖춰야 한다. 여기에 복근과 애플힙이 반드시 추가돼야 하며 몸이 완성될 무렵에 인공 태닝 등으로 피부색을 어둡게 해서 더욱 슬림하게 보이게끔 효과를 준다. 화보의 콘셉트는 시선을 끌면서도 너무 흔하지 않아야 한다. 그러나 어떤 콘셉트를 선택하든 노출을 빼놓을 수 없다. 어렵게 만든 몸을 인정받기 위한 불가피한 선택인 것이다.

이렇게 넷생을 점유한 트렌드는 다시 현생에 영향을 끼친다. 넷생과 현생이 영향을 주고받는 양상을 살펴보면 체육관의 욕망이 어디에서 기인하는지 알 수 있다. 내가 팔로잉하는 스타가, 운동을 취미로 즐기는 줄 알았던 사람이, 혹은 나의 친구나 동료가 어느 날 복근과 애플힙을 드러낸다면? 야근을 하면서도 틈틈이 운동을 하고 그토록 스트레스를 받고 배가 고픈 와중에도 복근을 만든다면?

이 방면에 크게 관심이 없던 여성들까지 자신의 몸에 의문을 갖는다. 내 몸은 매력적인가? 얼마나 섹시한가? 충분히 말랐는가? 여기까지 도달하면 '뭐라도 해야 할 것 같

은 분위기'에 휩쓸리는 것은 순간이다. 인생 화보까지는 넘보지 못해도 탄수화물이라도 끊어야 하는 게 아닌가 죄책감이 든다.

물론 인터넷 자아를 선택하고 연출하는 것은 개개인의 자유다. 하지만 노출과 그로 인한 섹스어필이 쿨한 것으로 통하고 그 반대는 따분하고 경직된 것으로 여기는 흐름 속에서 그것이 취향이고 선택이라고 확신할 수 있는가.

그래서 인스타그램을 위시한 일인 미디어가 루키즘을 조장하고 여성 혐오를 생산하는 원흉이냐면, 단순히 그렇게만 볼 수는 없다. 운동하는 여자 해시태그로 검색되는 이미지 중에는 몸의 기능성을 자랑하고 날로 발전하는 운동 능력을 기록하는 일군의 게시물도 존재한다. 이런 이미지의 주인공들은 진정으로 운동을 사랑하고 몸을 미적인 기준에 맞춰 혹사시키지 않으면서도 존재감을 발산한다.

그러면 어떻게 해야 운동이 여성을 억압하는 도구가 아니라 해방하는 수단이 될 수 있을까? 근본적으로, 루키즘의 확산은 유구한 여성 혐오의 결과다. 16세기의 코르셋이 여성을 수시로 기절하게 하고 죽음에 이르게 했다면 현대의 다이어트가 불러온 해악 또한 만만치 않다. 오늘날에도 상당수의 여성이 섭식장애를 앓고 일부는 죽어간다.

결국 혐오에 맞서서 루키즘을 거부하고 여성의 몸과 정신을 해방시킬 힘은 억압의 피해자인 여성, 그리고 페미니즘에 있다. 이미 우리는 탈코르셋 운동이라고 해서 여성의 외모와 아름다움을 둘러싼 새로운 담론을 만들었다. 다시없을 기회이자 중요한 흐름을 지속적으로 발전시키기 위해서는 보다 치열한 고민과 실천이 필요하다.

운동하는 여자 체육관에서 만난 페미니즘

© 2019, 양민영

지은이	양민영
초판 1쇄 발행	2019년 03월 08일
3쇄 발행	2019년 12월 08일
펴낸곳	호밀밭
펴낸이	장현정
편집	박정오
디자인·일러스트	최효선
마케팅	최문섭
등록	2008년 11월 12일(제338-2008-6호)
주소	부산 수영구 광안해변로 294번길 24 지하1층 생각하는 바다
전화	070-7701-4675
팩스	0505-510-4675
이메일	homilbooks@naver.com

Published in Korea by Homilbat Publishing Co, Busan.
Registration No. 338-2008-6.
First press export edition March, 2019.
Author Yang Min Yeong
ISBN 979-11-965728-5-3   03810

이 도서의 국립중앙도서관 출판예정도서목록(CIP)은 서지정보유통지원시스템 홈페이지(http://seoji.nl.go.kr)와 국가자료공동목록시스템(http://www.nl.go.kr/kolisnet)에서 이용하실 수 있습니다. (CIP제어번호: CIP2019007825)